J. Forrest Penman,
El 31 de mayo 1986,
La feria del libro,
Madrid.

En el parque del Retiro.

LA VIDA ES SUEÑO

EL ALCALDE DE ZALAMEA

Pedro Calderón de la Barca

Foto Archivo Espasa-Calpe.

CALDERÓN DE LA BARCA

LA VIDA ES SUEÑO

EL ALCALDE DE ZALAMEA

INTRODUCCIÓN DE ALBERTO PORQUERAS-MAYO

SÉPTIMA EDICIÓN

ESPASA-CALPE, S. A.
MADRID
1985

Ediciones para

SELECCIONES AUSTRAL

Primera edición: 14 - III - 1977
Segunda edición: 6 - VI - 1978
Tercera edición: 4 - V - 1979
Cuarta edición: 29 - XII - 1980
Quinta edición: 31 - III - 1982
Sexta edición: 31 - V - 1982
Séptima edición: 5 - VI - 1985

—

Diseño de cubierta: Alberto Corazón

—

Depósito legal: M. 19.342—1985

ISBN 84—239—2023—2

Impreso en España
Printed in Spain

Acabado de imprimir el día 5 de junio de 1985

Talleres gráficos de la Editorial Espasa-Calpe, S. A.
Carretera de Irún, km. 12,200. 28049 Madrid

ÍNDICE

INTRODUCCIÓN

VIDA DE CALDERÓN

Nace en Madrid el 17 de enero de 1600 y muere en la misma capital el 25 de mayo de 1681, después de una extensa y fructífera carrera literaria. Su padre fue Diego Calderón de la Barca, secretario del Consejo de Hacienda, y su madre, María Henao y Riaño, hija del corregidor de Madrid, Diego González de Henao. El matrimonio había tenido ya dos hijos, Diego (cuatro años) y Dorotea (dos años). El hermano menor, José, nace dos años más tarde. Su madre muere en 1610, es decir, cuando Calderón contaba solamente diez años de edad. Su padre se casó de nuevo en 1614, y falleció al año siguiente.

Calderón, de niño, estudia (entre 1608 y 1613) en Madrid, en el Colegio Imperial de los jesuitas. Entre 1614 y 1620 cursa estudios en las universidades de Alcalá y Salamanca.

Literariamente nuestro autor se da a conocer en Madrid con ocasión de las justas poéticas en honor de la beatificación (1620) y canonización (1622) de San Isidro Labrador. En 1623 se representa su primera obra dramática, *Amor, honor y poder*. Es posible que de 1623 a 1625 estuviera en el servicio militar, en Flandes e Italia, y que participara, en los Países Bajos, en el sitio de Breda, tema que llevó al teatro en una comedia suya, de igual título, representada en 1625, sitio que inspiró también a Velázquez el famoso *Cuadro de las lanzas*. A principios de 1629 se estrenó una de sus más famosas obras, *El príncipe constante.*

El año 1635 es importante en los anales del teatro español. Se produce en esta fecha la muerte de Lope de Vega y el estreno de *La vida es sueño.* Desde la desaparición de Lope, Calderón domina completamente la escena hispana. En 1636 se publica la primera parte de sus comedias, tarea llevada a cabo por su hermano menor, José, personaje dinámico, de carácter impulsivo, como nuestro dramaturgo. Abrazó la carrera militar y murió en 1645 en el combate de Camarasa, provincia de Lérida. Felipe IV nombra a Calderón director del teatro de Palacio y en 1637 le otorga el hábito de Santiago. Calderón participa de nuevo en la vida militar con ocasión, en 1640-41, de la sublevación de Cataluña. Interviene en el sitio de Lérida en 1642.

En 1651 ocurre un hecho trascendental en la vida de Calderón: su ordenación de sacerdote. En este mismo año se publicó por primera vez *El alcalde de Zalamea,* con el título *El garrote más bien dado,* formando parte de la colección, *El mejor de los mejores libros que ha salido de comedias nuevas,* Alcalá, 1651. Esta colección fue publicada por Tomás Alfay. En 1653 Felipe IV le otorgó la capellanía de los Reyes Nuevos de Toledo. Desde su ordenación sacerdotal dedicó sus tareas literarias a componer autos sacramentales y comedias para el teatro de Palacio. Desde Toledo se trasladó a Madrid en 1663, año que fue nombrado capellán de honor de su majestad, y murió en la capital española en 1681[1].

El teatro calderoniano

Calderón aprende su arte dramático del ejemplo vivo que representa el teatro de Lope de Vega. De aquí que, a veces, se inspire directamente en obras lopescas, como ocurre precisamente con *El alcalde de Zalamea.* El teatro de Calderón supone una intensificación de las fórmulas dramáticas de Lope, expuestas por el propio Lope en su

[1] La mejor biografía de Calderón sigue siendo el libro de Emilio Cotarelo y Mori, *Ensayo sobre la vida y obras de don Pedro Calderón,* Madrid. 1924.

Arte nuevo de hacer comedias[2]. Calderón, por tanto, hará caso omiso de las llamadas tres unidades (tiempo, lugar y acción), atribuidas erróneamente a Aristóteles por algunos comentaristas del Renacimiento. Mezclará lo serio con lo cómico para producir tragicomedias con un final placentero presidido por el principio de la justicia poética. Utilizará gran variedad de metros, según lo pidan las situaciones dramáticas. Dividirá sus obras en tres actos: en el primero planteará el problema, en el segundo se delimita el núcleo o tensión dramática y en el tercero se produce el desenlace. Dará libertad absoluta de temas y de situaciones, procurando que no se contravengan las leyes del decoro, es decir, que cada personaje actúe, hable y se desenvuelva según corresponde a su clase social, edad, estado... Existirá una intención didáctica por debajo de la creación artística, siguiendo hasta cierto punto los postulados de Horacio de «aprovechar y deleitar» al mismo tiempo. No se olvidará de halagar al público, manteniéndole en cierta sorpresa o suspensión, en cuanto al desarrollo del argumento. Para contentar al público español utilizará, a veces, temas históricos españoles (o con color local y contemporáneo) y empleará recursos gratos a los espectadores de su tiempo, como el uso, en ocasiones, del disfraz varonil para mujeres, del gracioso como acompañante del galán, y, sobre todo, se especializará en temas del honor. Por supuesto que todo ello encaje muy bien en un teatro esencialmente de acción, donde el amor es el tema predominante y el que produce las tensiones dramáticas de una gran zona del teatro español constituido por obras de «capa y espada», como se llamaban en aquella época, aludiendo a la *capa* y *espada*, como elementos habituales de la indumentaria de los galanes que aparecían en las tablas[3].

---

[2] El *Arte nuevo* de Lope de Vega puede leerse en la Colección Austral, núm. 842, y está también incluido en el libro de F. Sánchez Escribano y A. Porqueras-Mayo, *Preceptiva dramática española del Renacimiento y el Barroco*, Madrid, Gredos, 2.ª edic., 1972. En esta misma obra encontrará el lector varios estudios sobre la teoría dramática de la Edad de Oro y una recopilación de los tratados teóricos publicados en la misma época.

[3] Aunque *El alcalde de Zalamea* no es una típica obra de *capa y espada*, hay muchos elementos de este tipo de teatro. La terminología de *capa y espada* es utilizada en el siglo XVII por Cristóbal Suárez de Figueroa, en el

Calderón se distingue de Lope de Vega por su preferencia o especialización en temas del honor, también tratados por Lope, pero sin la obsesión, profusión y, a menudo, truculencia que adquirirían en la pluma de Calderón. Otra distinción importante es la preferencia de Calderón por el manejo de concepciones simbólicas, no sólo en sus autos sacramentales, sino en muchas otras obras, como *La vida es sueño*, lo cual encaja muy bien en los momentos avanzados del período barroco, del que Calderón sería uno de sus máximos exponentes. Los románticos alemanes, que fueron quienes «descubrieron» a Calderón para el resto de Europa, destacarán, precisamente, las grandes concepciones simbólicas de Calderón. De aquí la gran admiración de Goethe, los hermanos Schlegel, Schopenhauer..., que, algunas veces, colocan el arte de Calderón por encima de Shakespeare. Otro atractivo de Calderón, para los alemanes, es que las concepciones simbólicas profundas se presentan con un ropaje vistoso de colores exteriores y de lenguaje muy poético, lo que reviste el arte calderoniano, para ojos nórdicos, de un aire meridional mediterráneo. El teatro dramático de Lope era expresado con poesía inspirada, pero otra diferencia que ofrece Calderón es su más decidida voluntad expresiva, aprovechando todas las conquistas del lenguaje culterano de Góngora.

El lenguaje de Calderón se intelectualiza con fórmulas y repeticiones, de carácter manierista, que se incrustan y perviven en el período barroco. Diríase que estas fórmulas externas e intelectualizadas alcanzan «por dentro» a las mismas concepciones abstractas. Y un buen ejemplo sería el tratamiento del honor, cuyas soluciones trágicas no hay que interpretarlas siempre como una adherencia por parte de Calderón a tan cruel y barbárico código, sino más bien un ensayo artístico en el que un tema, por

Pasajero (1617), por Juan de Zabaleta en *El día de fiesta por la tarde* (1660) y por F. A. Bances Candamo. Este último afirma, hacia 1690, en *Teatro de los teatros:* «Las de *capa y espada* son aquellas cuyos personajes son sólo caballeros particulares, como don Juan, y don Diego, etcétera, y los lances se reducen a duelos, a celos, a esconderse el galán, a taparse la dama, y en fin a aquellos sucesos más caseros de un galanteo.» El texto de Bances y los otros pueden leerse en el libro citado en la nota anterior, *Preceptiva dramática española*, págs. 189, 286 y 347.

Fachada principal del Palacio del Buen Retiro.
Grabado francés hiperbólico del siglo XVIII

Foto Archivo Espasa-Calpe.

su recurrencia repetida, se convierte en una «maniera» artística más. Por otra banda, por el lado intelectual, se da una disciplinada solución casuística a las diversas situaciones, cauismo jesuítico que Calderón aprendió ya de niño en el Colegio Imperial.

LA VIDA ES SUEÑO

Calderón, joven todavía, a los treinta y cinco años, estrena su obra más famosa, y uno de los dramas más célebres de la literatura universal, *La vida es sueño*. Probablemente está concebida para ser representada en Palacio. Ello explicaría su densidad filosófica y su lenguaje refinado.

El tema fundamental, del que hay precedentes en el lejano oriente y en la literatura ascética de los siglos XV y XVI, es considerar la vida terrena como un sueño, del que se despierta a la verdadera vida eterna con la muerte[4]. En este sentido también podría relacionarse con las medievales danzas de la muerte y, sobre todo, con otro tema, *theatrum mundi*, tema favorito de Calderón que llevará a las tablas en un hermoso auto sacramental, *El gran*

---

[4] Véase A. Farinelli, *La vita é un sogno*, Torino, 1916, 2 vols. y Félix G. Olmedo, *Las fuentes de La vida es sueño*, Madrid, 1928. A pesar de lo bien cubierto que está el tema en estas dos obras clásicas citadas, es posible encontrar muchos otros ejemplos anteriores a Calderón. Por ejemplo, J. García Soriano, en *El teatro universitario y humanístico en España*, Toledo, 1945, pág. 328, habla de una obra, *Comedia del triunfo de la Fortuna* en donde aparece este importante pasaje:

> ¿Rei? ¿Mas yo qué digo? ¿Rei
> Salicio? ¿Yo soi Salicio?
> ¿Este cetro es de mi oficio?
> ¿Yo corona? ¿Por qué lei?
> ¿Yo no soy aquel pastor
> que las ovejas guardaba?
> Si, sueño lo que soñaba
> quando me soñé señor,
> queste cetro es mi cayado,
> mi melena es ya corona.
> Si es aquesta mi persona,
> este es sueño dibujado.

teatro del mundo. Es decir, se trata de llamar la atención sobre la fugacidad de la vida, la inestabilidad de la misma, y la importancia de llenarla de buenas acciones. Intelectualmente se ensaya una fórmula estimulante para someter la realidad que nos circunda a la observación especializada de algunos elementos, y determinar las fronteras entre lo real y lo aparente, lo permanecial y lo fugitivo.

No olvidemos que en toda Europa se producen experimentos inyectados por una gran desazón espiritual, provocada por una duda que hoy llamaríamos existencial. Dos años más tarde, en 1637, en Francia, Descartes publica el *Discours de la méthode*, donde se examinan las implicaciones de la duda metódica. Varios años antes, en Inglaterra, Shakespeare somete a su meditabundo personaje Hamlet, al aguijón de la duda constante. Pero el gran precedente europeo fue Cervantes, que en 1605, por medio del *Quijote*, examina la realidad a través de varios niveles. Nos viene a decir allí que las cosas no sólo son lo que *son* sino como yo las veo o *quiero* que sean. Es decir, no sólo es posible que yo vea gigantes, sino que *quiera* que sean gigantes.

Ahora, pues, podemos comprender la novedosa, hasta cierto punto, postura de Calderón al ahondar en una realidad más sutil, la del subconsciente, expresada a menudo en sueños, donde se filtran vivencias y deseos y frustraciones. Todo ello para concluir que es difícil establecer claras fronteras con la realidad consciente. No es de extrañar, por tanto, que el gran experimentador Segismundo (que es «experimentado» a su vez por los otros personajes) aprenda la gran lección de:

> obrar bien es lo que importa:
> si fuera verdad, por serlo;
> si no, por ganar amigos
> para cuando dispertemos
>
> (escena IV, acto III)

Y hay que notar en el anterior pasaje un toque pragmático, «ganar amigos», consejo calderoniano para sobrevivir, e incluso triunfar, en un mundo difícil. Unos años más tarde, el jesuita Gracián (que tanto debió aprender del solitario Segismundo para su Andremio de *El Criticón)* nos aconsejará «milicia, contra la malicia del hombre».

Hasta aquí hemos visto un tema central, el sueño, manipulado por la pluma calderoniana para crear belleza artística, sin olvidar atrevidas incursiones hacia el campo filosófico[5]. Y otro tema que preocupa a Calderón, en sus múltiples aspectos, es el de la libertad. De aquí el angustioso primer monólogo de Segismundo en que se compara con los animales, más libres que él. Por supuesto que en el fondo de toda la obra late el gran problema de la última y definitiva libertad para salvarse, es decir, el problema de la predestinación que absorbe a los dramaturgos, y a sus públicos, de la época, como a Tirso de Molina, especialmente en *El condenado por desconfiado* y Mira de Amescua en *El esclavo del demonio*. Y en tantas obras calderonianas, especialmente en *El mágico prodigioso*. Precisamente, el tema central del hombre y su predestinación aparece en el auto sacramental de Calderón, *La vida es sueño*, de igual título (pero tan distinto), que la obra que presentamos hoy.

En mi opinión, sobre el cañamazo ideológico de los grandes temas (el sueño y la libertad) teje Calderón una indagación experimental en torno al tema específico del nacimiento del hombre, en este caso, Segismundo. Para obtener más densidad dramática carga las tintas en el concreto nacimiento de Segismundo[6]. Es sabido que Calderón tiene cierta afición en presentar personajes desgraciados desde su nacimiento mismo, como, entre otros muchos ejemplos, en *La devoción de la cruz*. Pues bien, en *La vida es sueño* es el rey Basilio quien relata la muerte de Clorinele, madre de Segismundo, a causa del alumbramiento del príncipe polaco. No es de sorprender, por tanto, el resentimiento psicológico de Basilio para su hijo. A este respecto del antagonismo del padre contra su hijo, no olvidemos que puede haber ecos de la propia biografía calderoniana, conocidas las malas relaciones del drama-

[5] Es sintomático que el estudio de esta obra haya atraído a dos filósofos modernos: M. F. Sciacca, *Verdad y sueño de La vida es sueño de Calderón de la Barca* en *Clavileño I*, núm. 2, 1950, págs. 1-9, y Leopoldo E. Palacios en *Don Quijote y La vida es sueño*, Madrid, 1960.

[6] Consúltese, para una exposición más detallada de este asunto, el capítulo, «La queja no haber nacido en Calderón y en las letras castellanas» en mi libro *Temas y formas de la literatura española*, Madrid, Gredos, 1972, especialmente págs. 82-84.

Grabado en boj, de E. C. Ricard i Nin, para ilustrar una edición de bibliófilo de «La vida es sueño», publicada por Ediciones de la Cometa

Cortesía de la Editorial Gustavo Gili.

turgo con su padre, a juzgar por el testamento de éste. Como modelo histórico pudo influir también, algunos piensan, la actitud despótica de Felipe II frente a su hijo el príncipe Carlos, tema explotado después por el romancismo alemán a través de la pluma de Schiller, que pasará también a la famosa opera, *Don Carlos* de Verdi. Creo, por mi parte, que nos encontramos, a la postre, ante un ejemplo más de un famoso topos literario «hijo contra padre», que abunda en todas las literaturas y que todavía nadie ha estudiado.

Una vez escrudiñados los posibles antecedentes, volvamos al problema del nacimiento humano. Segismundo en el primer monólogo afirma: «[...] pues el peor delito del hombre es haber nacido». Diríase que ésta es la tesis central que, como un enorme silogismo, yace bajo la bella armazón artística de la obra. Esta tesis se ejemplifica en un hombre de carne y hueso, Segismundo, y el cruel experimento de su padre, Basilio, lo parece ir confirmando. No es hasta el tercer acto, cuando al vencerse a sí mismo Segismundo y perdonar a su padre, se llega a la conclusión (en este caso positiva y contraria al enunciado inicial) del silogismo, y se demuestra, con los hechos, que sí vale la pena haber nacido. Calderón, como escritor católico, tiene que inclinarse por esta solución. Una vez más Calderón ha llevado a los espectadores por una «falsa pista»[7] al hacer que todas las circunstancias parezcan corroborar el presentimiento de Basilio y, hacia la última zona, se produce un viraje rotundo, con un final feliz, glorioso y triunfalista. Los tres temas ideológicos más importantes serían, pues, el sueño, la libertad, el nacimiento. Todos ellos aparecen, fundamentalmente, en la acción principal de la obra, que se encarna en el conflicto personal y político entre Basilio y Segismundo.

Junto a esta acción principal existe una intriga secundaria representada por Rosaura y su problema de honor, restaurado al final, gracias, sobre todo, a Segismundo. Aunque Calderón ha creado una obra de profundo andamiaje filosófico, ha reservado la intriga secundaria para

---

[7] Aplico y estudio lo que llamo *falsa pista*, como una técnica calderoniana, en el estudio de *El príncipe constante*, en mi introducción a la edición de esta obra en *Clásicos Castellanos*, Espasa-Calpe, Madrid, 1975.

hacer concesiones al gusto de una zona del público menos sofisticado, que es el que acabará viendo en el futuro esta creación palaciega. Y es en la intriga secundaria donde encontramos el tema del honor, la presencia del gracioso y la teatral manipulación del tema del disfraz varonil en la mujer. En todo ello no hace más que seguir los consejos de Lope de Vega en el *Arte nuevo*. A Menéndez Pelayo[8], la presencia de Rosaura y su problema del honor le parecía debilitar la intensidad y belleza de la obra, que debería concentrarse exclusivamente en los temas de la acción principal. El crítico británico E. M. Wilson[9], por el contrario, demuestra la pertinencia de estos elementos secundarios y su importante función dentro del estilo barroco. Hay que volver, por un momento, a la antigua postura de Menéndez Pelayo, porque, aunque desde su coordenada cronológica no pudo comprender las complejidades del arte barroco, tuvo la feliz intuición crítica de imaginar una *Vida es sueño* más profunda sin Rosaura. Y es mi sospecha también que Calderón decidiría incluir estos elementos secundarios, como simple concesión al público, después del esbozo del tema fundamental de la obra. Es curioso que todos aparezcan en la intriga secundaria. Calderón, como buen artista barroco, se encargó de hacer una buena soldadura para entrecruzar, y unificar al final, las dos acciones de la obra. De aquí que el mismo gracioso gane profundidad hacia el final, y sirva de importante elemento aleccionador al público:

> Y así, aunque a libraros vais
> de la muerte con huir,
> mirad que vais a morir,
> si está de Dios que muráis.

Clotaldo tiene gran importancia estructural. Es el gozne que abre la puerta a la intriga secundaria al ser padre de Rosaura. Dentro de la misma acción principal es el per-

---

[8] En *Calderón y su teatro*, reimpreso en *Estudios y discursos de crítica histórica y literaria*, Madrid, C. S. I. C., vol. II, véase especialmente páginas 223-232.

[9] *La vida es sueño*, reimpreso en Manuel Durán y Roberto González Echevarría, *Calderón y la crítica: Historia y antología*, Madrid, Gredos, 1976, vol. I, págs. 300-328.

sonaje-puente entre Basilio (libresco) y Segismundo (primitivo, natural). Como casi todos los personajes, excepto Segismundo, es ambicioso, es dilemático, es calculador y ha cometido un grave error. Diríamos que en este microcosmos humano de la corte de Polonia, todos, menos Segismundo que ha aprendido la gran lección del desengaño, tienen «razones», pero no tienen «razón».

Es curioso que todas las acciones aparentemente confusas se produzcan en el monte. El palacio representaría la luz y diafanidad mental. Pero es curioso también que el *monte*, que representa lo natural y primitivo, acaba por imponerse. Es allí donde se produce la batalla final tras ser liberado Segismundo. Le dice un soldado:

> Ejército numeroso
> de bandidos y plebeyos
> te aclama: la libertad
> te espera; oye sus acentos
>
> (escena III, acto III)

Este grito revolucionario, que parece un anticipo al himno de la libertad de Schiller que Beethoven incorpora en su novena sinfonía, quedará después purificado por la victoria, en todos los niveles, de Segismundo, capaz de restaurar la justicia política del reino (y perdonar a su padre) y de restaurar el honor de Rosaura. Al bajar el telón, sabemos, pues, que además del destino de Segismundo, ha triunfado el destino del hombre en general sobre el que el hado no puede tener fuerza coercitiva.

La vida es sueño queda como una de las obras maestras, junto a *El príncipe constante*, del teatro calderoniano y una de las cimas señeras del teatro europeo en el siglo XVII.

El alcalde de Zalamea

El fondo histórico está representado por la expedición de las tropas españolas, a través de Extremadura, hacia Portugal, para reivindicar los derechos de Felipe II (hijo de la reina Isabel de Portugal) a la corona portuguesa.

Felipe II fue proclamado rey de Portugal el 15 de abril de 1581. Portugal no se separaría de España hasta 1640. A este fondo histórico inserta Calderón una trama delineada bajo los principios aristotélicos de la *verdad poética*, según la cual se puede añadir o modificar los datos históricos para servir a fines artísticos. Hace que las tropas se alojen en el pueblo extremeño de Zalamea y supone allí la presencia del maestre de campo Lope de Figueroa, que, según varios investigadores, era imposible que estuviese en Zalamea por aquellas fechas, y, finalmente, inventa incluso la presencia física de Felipe II, para dirimir así una cuestión jurídica entre la jurisdicción municipal y la militar. Este problema, que sólo aparece al final, para resolverse de una manera un poco arbitraria en cuanto a los procedimientos, pero justa en cuanto a la aplicación del castigo, constituye pues la intriga secundaria de la obra.

El tema fundamental, que llena todo el drama, es el honor, pisoteado por un capitán arrogante (don Álvaro) que abusa de la hospitalidad de un villano rico (Pedro Crespo) para violar en el segundo acto a su hija Isabel. Como Isabel es soltera, la venganza, según el rígido código de honor de la época, corre de cuenta de su padre, que, casualmente, es nombrado alcalde en el tercer acto, declara preso a don Álvaro (cuando éste rehúsa casarse con Isabel), y finalmente le ajusticia a gorrote vil. No es de extrañar, pues, que el título que se impusiera en la posterioridad fuera el de *El alcalde de Zalamea*, como aparece en la colección global del teatro calderoniano llevada a cabo por Vera Tassis, en *Séptima parte de las comedias*, Madrid, 1683.

Pedro Crespo es uno de los caracteres de más psicológica intensidad del teatro de la Edad de Oro, que arranca de la casta tradicional de villanos ricos y honrados, creada por Lope de Vega en obras de ambientación rústica como *El villano en su rincón*, *Fuenteovejuna* (piénsese en Esteban, que es alcalde allí también), *Peribáñez y el comendador de Ocaña*, etc. Lope es el que «inventó» el enfrentamiento del villano, cristiano viejo, de «limpio linaje» (como le dice Pedro Crespo a su hijo Juan, al despedirse de él, con ocasión de ingresar en la milicia) con los nobles que, a menudo, presumían de gran alcurnia, pero cuya sangre frecuentemente estaba atravesada de vetas judáicas[10]. En este caso el enfrentamiento sería con el capitán don Álvaro Ataide. Desde un punto de vista dramático existe un constante y paralelo enfrentamiento con el maestre de campo don Lope de Figueroa, de gran efectismo en las tablas: Pedro es testarudo y sentencioso, digno y orgulloso. Lope de Figueroa es insolente y respetuoso, prudente y caprichoso. La postura de Crespo queda sintetizada, y universalizada, hacia el final del primer acto con unos versos lapidarios que reflejan el carácter democrático cristiano de la literatura española de la Edad de Oro. Junto a una monarquía absoluta se recorta un derecho inalienable en el «honor» o «vida» (ambos conceptos se equiparan) de la propia fama individual, que sólo puede ceder ante Dios, puesto que todas las almas, sólo preocupadas por el problema de la salvación, son iguales ante el Creador:

> Al Rey, la hacienda y la vida
> se ha de dar, pero el honor
> es patrimonio del alma
> y el alma sólo es de Dios.

El carácter de Crespo queda muy bien captado a través de la caracterización del propio Lope de Figueroa en un aparte:

> ¡qué ladino es el villano
> o cómo tiene prudencia!

El confrontamiento se presenta, de nuevo, cuando Crespo, hacia el final del tercer acto, ya alcalde, opone la justicia municipal a la justicia militar y acaba por enfrentarse, incluso, al propio Felipe II, que termina por nombrarle alcalde perpetuo de Zalamea. Ello nos hace pensar en el final de *Fuenteovejuna* de Lope de Vega, y en los *coup de théatre* tan gratos a Calderón, por su efectismo inesperado. Recuérdese aquel de *El médico de su*

[10] Américo Castro destaca la lucha de castas y su importancia en el tema del honor, en su libro *De la edad conflictiva*, 3.ª edic., Madrid, 1972. Véase mi ensayo *Americo Castro y la Edad de Oro, o conflictiva, española*, en *Cuadernos Hispanoamericanos*, núm. 310 (1976), pp. 42-51.

«El alcalde de Zalamea», cuadro por Enrique Esteban y Vicente

Foto Archivo Espasa-Calpe.

honra, en el que el rey a pesar de recriminar la conducta de don Gutierre por haber matado, según el férreo código del honor, a su esposa inocente, a la pregunta de don Gutierre sobre que haría en caso de que su nueva esposa diera sospechas, el rey, severo, apunta: ¡sangrarla! El público de la época gustaba de estos efectismos, y Calderón ha cargado las tintas sobre todo en los parlamentos de Crespo, hechos para declamar con ironía, con pausas, con repeticiones (como lo de «con muchísimo respeto» al apresar al capitán), y con movimientos rápidos (como, en la misma escena, al apartar la vara de alcalde, para recogerla después). Hemos hablado, además de Pedro Crespo, de otros dos personajes: el capitán Álvaro Ataide y el representante de la justicia militar, Lope de Figueroa, que acaba por comprender a Pedro Crespo. Otro personaje importante, presentado sólo como elemento catalizador, es Isabel, la hija de Pedro Crespo y hermana, por tanto, del impetuoso Juan. Isabel ejemplifica la virtud, la pasividad en la obediencia filial. No es raro, pues, que, con ocasión de Isabel, se aluda bellamente en la obra al símbolo del *trigo*, que significa la pureza y la fertilidad, como ya había usado Lope de Vega muchas veces, sobre todo en *Peribáñez y el comendador de Ocaña*.

Calderón recrea muy bien, con escenas costumbristas, el ambiente en que se mueve la soldadesca y la vida militar en general, que él conoció de cerca a través de su vida personal. Vigorosa y acertada en la presentación de tipos de los bajos fondos, como Rebolledo y Chispa.

En esta obra hay reminiscencias del mundo del *Quijote*. Sobre todo la figura anacrónica del hidalgo don Mendo, y en las enumeraciones de consejos que Pedro Crespo ofrece a su hijo Juan, antes de que éste abrace la milicia, que nos recuerdan, por el tono, las prudentes palabras de don Quijote a Sancho Panza, antes de incorporarse al gobierno de la ínsula Barataria. Está muy bien captado en el segundo acto, el calor de agosto en Extremadura, que penetra la atmósfera de sensualidad, resaltada por las canciones que se entonan en la calle. Es curioso que, a través de la pluma de Calderón, aun en un sencillo villano como Pedro Crespo, se inserta a veces el más bello refinamiento gongorino, como cuando refiriéndose a una fuente la llamada «cítara de plata y perlas». Lo mismo podríamos decir del tono artificioso del romance que declara Isabel, en una larga tirada de versos, al principio del tercer acto. El destino fatal de uno de los protagonistas, el capitán don Álvaro se percibe muy bien cuando una vez en marcha su compañía militar, decide volver a Zalamea, como el mal comendador de Ocaña, en la obra de Lope de Vega. Hasta ahora me he referido a varias obras de Lope, que creo que es donde hay que buscar la tradición y materia artística de esta pieza calderoniana. Pero es evidente, que el modelo inmediato (seguido, rebasado y superado) que tuvo en cuenta Calderón fue *El alcalde de Zalamea*, de Lope de Vega. Creo que sigue siendo válido el enfoque de Menéndez Pelayo y allí debe acudir el lector curioso que quiera saber los pormenores de las básicas diferencias, que son muchas, entre el tema tratado por Lope y Calderón. He aquí un párrafo esclarecedor del gran maestro de la crítica española:

> «Cuantas innovaciones introdujo Calderón en la obra que refundía o imitaba, otras tantas fueron felicísimas y magistrales. Redujo a una sola las dos doncellas violadas, y a uno solo también los dos capitanes, evitando así que el interés se dividiese, y sustituyendo a estos cuatro personajes, que en Lope son débiles y descoloridos, dos figuras que, si no alcanzan la talla gigantesca de Pedro Crespo o de don Lope de Figueroa, tienen, no obstante, en cuanto dicen y hacen, alma y acento propio. Tomó de Lope el asombroso tipo del Alcalde, pero reforzando la parte noble y elevada de su carácter y borrando algunas incongruencias cómicas que en nuestro autor le deslucen. Dejó intacto el de don Lope de Figueroa, pero también derramó en él algunas gotas de idealismo, suavizó un poco su aspereza y le dio mayor intervención en la fábula. Creó el tipo episódico, pero en su línea perfecto, del higaldo pobre, y sacó, por último, del limbo de la oscuridad, de la muchedumbre soldadesca, anónima y mal definida, que anda en la comedia de Lope, los tipos rápidamente esbozados, pero inolvidables, de Rebolledo y la Chispa. Verdad es que otras comedias de la misma especie, y no se necesitaba grande esfuerzo para trasladarlos a ésta.

»Todavía fueron más trascendentales, aunque a primera vista de menos bulto, las enmiendas que hizo Calderón en el plan de Lope. Las principales resultaron de la modificación feliz introducida en el carácter de la protagonista, que, en vez de liviana y antojadiza como las dos malandantes doncellas de Lope, es un dechado de honestidad y de modestia. Por esta vez guió bien a Calderón su concepto enteramente idealista de la virtud y pureza femeninas; concepto que, llevado hasta la exageración en sus comedias *de capa y espada*, dio a todas un tinte de uniformidad, bien lejana de aquella variedad prodigiosa, y tan finamente observada, de las mujeres de Lope.»[11]

He citado todo este extenso pasaje porque creo que plantea ecuánimemente (cosa más digna de notar, sabido el total lopismo de Menéndez Pelayo y ciertas reservas que abrigaba sobre el arte calderoniano) el problema de las deudas y de los aciertos de Calderón respecto a Lope.

El alcalde de Zalamea, por la intensidad y acierto de sus situaciones y caracteres dramáticos, es lógico que haya persistido como una de las obras más gustadas por el público, aunque, por apartarse de las técnicas simbólicas y más sofisticadas de su teatro, no cuente entre las más representativas del arte calderoniano.

ALBERTO PORQUERAS-MAYO

Urbana, Illinois, otoño de 1976

[11] M. Menéndez Pelayo, *Estudios sobre el teatro de Lope de Vega*, Madrid, C. S. I. C., 1949, vol. VI, págs. 187-188.

B I B L I O G R A F Í A

ALONSO CORTÉS, Narciso: *Genealogía de Calderón*, en *Boletín de la Real Academia Española*, XXXI, 1951.

BANDERA, Cesáreo: *Mimesis conflictiva (Ficción literaria y violencia en Cervantes y Calderón)*, Madrid, Gredos, 1975.

CALDERÓN DE LA BARCA, Pedro: *La vida es sueño. El alcalde de Zalamea*, edición de Augusto Cortina, Clásicos Castellanos, Madrid, 1960.

CARILLA, E.: *El teatro español de la Edad de Oro. Escenarios y representaciones*, Buenos Aires, Centro Editor de América Latina, 1968.

CASALDUERO, Joaquín: *Estudios sobre el teatro español*, Madrid, Gredos, 1972.

CASTRO, Américo: *De la edad conflictiva (El drama de la honra en España y en su literatura)*, Madrid, Taurus, 1972.

CASTRO, Américo: *La realidad histórica de España*, México, Porrúa, 1973.

CUSTODIO, A.: *La Edad de Oro del teatro en España y en Inglaterra. Comparación de dos estilos*, en *La Torre XVII*, San Juan de Puerto Rico, 1969.

DURÁN, Manuel y GONZÁLEZ ECHEVARRÍA, Roberto: *Calderón y la crítica: Historia y Antología*, Madrid, Gredos, 1976.

FRUTOS, Eugenio: *Calderón de la Barca (estudios y antología)*, Barcelona, 1949.

HESSE, Everett W.: *Calderón de la Barca*, Nueva York, 1967.

OROZCO, Emilio: *El teatro y la teatralidad del Barroco*, Barcelona, 1969.

PARKER, A. A.: *The allegorical drama of Calderón*, Oxford, The Dolphin Book Co. Ltd., 1968.

PARKER, A. A.: *Aproximación al drama español del Siglo de Oro*, en *Cuadernos del Idioma*, III, Buenos Aires, 1969.

PARKER, Jack H. y FOX, A. M.: *Calderón de la Barca Studies 1951-1969*, Toronto, 1971.

ROJAS VILLANDRANDO, Agustín de: *El viaje entretenido*, edición de Jacques Joset, Clásicos Castellanos, Madrid, 1977.

SÁNCHEZ, Alberto: *Reminiscencias cervantinas en el teatro de Calderón*, Anales Cervantinos, VI, 1957, págs. 262-270.

SÁNCHEZ ESCRIBANO, A y PORQUERAS-MAYO, A.: *Preceptiva dramática española del Renacimiento y el Barroco*, 2.ª edic., Madrid, 1972.

SIMÓN DÍAZ, José: *Bibliografía de la literatura hispánica*, Madrid, 1967, vol. VII.

VALBUENA BRIONES, A.: *Perspectiva crítica de los dramas de Calderón*, Madrid, Rialp, 1965.

VALBUENA PRAT, A.: *El teatro español en su Siglo de Oro*, Barcelona, Planeta, 1969.

VALBUENA PRAT, A.: *Calderón, su personalidad, su arte dramático, su estilo y sus obras*, Barcelona, 1941.

LA VIDA ES SUEÑO

PERSONAS

BASILIO, *rey de Polonia*
SEGISMUNDO, *príncipe.*
ASTOLFO, *duque de Moscovia.*
CLOTALDO, *viejo.*
CLARÍN, *gracioso.*
ESTRELLA, *infanta.*
ROSAURA, *dama.*

Soldados, guardas, músicos, acompañamiento, criados, damas.

[La escena en la corte de Polonia, en una fortaleza poco distante y en el campo.]

JORNADA PRIMERA

[A un lado monte fragoso y al otro una torre cuya planta baja sirve de prisión a Segismundo. La puerta que da frente al espectador está entreabierta. La acción principia al anochecer.]

ESCENA PRIMERA

(ROSAURA, *vestida de hombre, aparece en lo alto de las peñas, y baja a lo llano; tras ella viene* CLARÍN.)

ROSAURA. Hipogrifo violento
que corriste parejas con el viento,
¿dónde, rayo sin llama,
pájaro sin matiz, pez sin escama,
y bruto[1] sin instinto
natural, al confuso laberinto
destas desnudas peñas
te desbocas, arrastras y despeñas?
Quédate en este monte,
donde tengan los brutos su Faetonte;
que yo, sin más camino
que el que me dan las leyes del destino,
ciega y desesperada
bajaré la aspereza enmarañada
deste monte eminente
que arruga al sol el ceño de su frente.

[1] *bruto:* 'caballo'. Generalmente se aplica a los cuadrúpedos.

Mal, Polonia, recibes
a un extranjero, pues con sangre escribes
su entrada en tus arenas,
y apenas llega, cuando llega a penas.
Bien mi suerte lo dice;
¿mas dónde halló piedad un infelice?

CLARÍN. Di dos, y no me dejes
en la posada a mí cuando te quejes;
que si dos hemos sido
los que de nuestra patria hemos salido
a probar aventuras,
dos los que entre desdichas y locuras
aquí habemos llegado,
y dos los que del monte hemos rodado,
¿no es razón que yo sienta
meterme en el pesar y no en la cuenta?

ROSAURA. No te quiero dar parte
en mis quejas, Clarín, por no quitarte,
llorando tu desvelo,
el derecho que tienes tú al consuelo.
Que tanto gusto había
en quejarse, un filósofo decía,
que, a trueco de quejarse,
habían las desdichas de buscarse.

CLARÍN. El filósofo era
un borracho barbón: ¡oh! ¡quién le diera
más de mil bofetadas!
Quejárase después de muy bien dadas.
¿Mas qué haremos, señora,
a pie, solos, perdidos y a esta hora
en un desierto monte,
cuando se parte el sol a otro horizonte?

ROSAURA. ¡Quién ha visto sucesos tan extraños!
Mas si la vista no padece engaños
que hace la fantasía,
a la medrosa luz que aún tiene el día,
me parece que veo
un edificio.

CLARÍN. O miente mi deseo,
o termino las señas.

ROSAURA. Rústico nace entre desnudas peñas
un palacio tan breve,

que al sol apenas a mirar se atreve:
con tan rudo artificio
la arquitectura está de su edificio,
que parece, a las plantas
de tantas rocas y de peñas tantas
que al sol tocan la lumbre,
peñasco que ha rodado de la cumbre.

CLARÍN. Vámonos acercando;
que éste es mucho mirar, señora, cuando
es mejor que la gente
que habita en ella, generosamente
nos admita.

ROSAURA. La puerta
(mejor diré funesta boca) abierta
está, y desde su centro
nace la noche, pues la engendra dentro.

(Suenan dentro cadenas.)

CLARÍN. ¡Qué es lo que escucho, cielo!

ROSAURA. Inmóvil bulto soy de fuego y hielo.

CLARÍN. ¿Cadenita hay que suena?
Mátenme si no es galeote en pena;
bien mi temor lo dice.

SEGISMUNDO. *(Dentro.)* ¡Ay mísero de mí! ¡Ay infelice!

ROSAURA. ¡Qué triste voz escucho!
Con nuevas penas y tormentos lucho.

CLARÍN. Yo con nuevos temores.

ROSAURA. Clarín...

CLARÍN. Señora...

ROSAURA. Huyamos los rigores
desta encantada torre.

CLARÍN. Yo aún no tengo
ánimo para huir, cuando a eso vengo.

ROSAURA. ¿No es breve luz aquella
caduca exhalación, pálida estrella,
que en trémulos desmayos,
pulsando ardores y latiendo rayos,
hace más tenebrosa
la oscura habitación con luz dudosa?
Sí, pues a sus reflejos
puedo determinar, aunque de lejos,

una prisión oscura,
que es de un vivo cadáver sepultura;
y por que más me asombre,
en el traje de fiera yace un hombre
de prisiones cargado
y sólo de una luz acompañado.
Pues huir no podemos,
desde aquí sus desdichas escuchemos.
Sepamos lo que dice.

ESCENA SEGUNDA

(Ábrense las hojas de la puerta, y descúbrese SEGISMUNDO *con una cadena y vestido de pieles. Hay luz en la torre.)*

SEGISMUNDO. ¡Ay mísero de mí! ¡Ay infelice!
Apurar[2], cielos, pretendo,
ya que me tratáis así,
qué delito cometí
contra vosotros naciendo;
aunque si nací, ya entiendo
qué delito he cometido:
bastante causa ha tenido
vuestra justicia y rigor,
pues el delito mayor
del hombre es haber nacido.
Sólo quisiera saber,
para apurar mis desvelos
(dejando a una parte, cielos,
el delito de nacer),
¿qué más os pude ofender,
para castigarme más?
¿No nacieron los demás?
Pues si los demás nacieron
¿qué privilegios tuvieron
que yo no gocé jamás?
Nace el ave, y con las galas
que la dan belleza suma,

[2] *Apurar:* 'desentrañar'.

Escena de «La vida es sueño», de la representación celebrada en el teatro Guimerá, de Santa Cruz de Tenerife, en 1969

Foto Gyenes.

apenas es flor de pluma
o ramillete con alas,
cuando las etéreas salas
corta con velocidad,
negándose a la piedad
del nido que deja en calma:
y teniendo yo más alma
¿tengo menos libertad?
Nace el bruto, y con la piel
que dibujan manchas bellas,
apenas signo es de estrellas
gracias al docto pincel,
cuando atrevido y cruel,
la humana necesidad
le enseña a tener crueldad,
monstruo de su laberinto:
¿y yo con mejor instinto
tengo menos libertad?
Nace el pez, que no respira,
aborto de ovas y lamas,
y apenas bajel de escamas
sobre las ondas se mira,
cuando a todas partes gira
midiendo la inmensidad
de tanta capacidad
como le da el centro frío:
¿y yo con más albedrío
tengo menos libertad?
Nace el arroyo, culebra
que entre flores se desata,
y apenas, sierpe de plata,
entre las flores se quiebra,
cuando músico celebra
de las flores la piedad
que le da la majestad
del campo abierto a su huida:
y teniendo yo más vida
¿tengo menos libertad?
En llegando a esta pasión,
un volcán, un Etna hecho,
quisiera arrancar del pecho
pedazos del corazón:

¿qué ley, justicia o razón
negar a los hombres sabe
privilegio tan suave,
exención tan principal,
que Dios le ha dado a un cristal,
a un pez, a un bruto y a un ave?

ROSAURA. Temor y piedad en mí
sus razones han causado.

SEGISMUNDO. ¿Quién mis voces ha escuchado?
¿Es Clotaldo?

CLARÍN. *(Aparte a su ama.)* Di que sí.

ROSAURA. No es sino un triste ¡ay de mí!
que en estas bóvedas frías
oyó tus melancolías.

SEGISMUNDO. Pues muerte aquí te daré,
por que no sepas que sé *(Ásela.)*
que sabes flaquezas mías.
Sólo porque me has oído,
entre mis membrudos brazos
te tengo de hacer pedazos.

CLARÍN. Yo soy sordo, y no he podido
escucharte.

ROSAURA. Si has nacido
humano, baste el postrarme
a tus pies para librarme.

SEGISMUNDO. Tu voz pudo enternecerme,
tu presencia suspenderme
y tu respeto turbarme.
¿Quién eres? Que aunque yo aquí
tan poco del mundo sé,
que cuna y sepulcro fue
esta torre para mí;
y aunque desde que nací
(si esto es nacer) sólo advierto
este rústico desierto
donde miserable vivo,
siendo un esqueleto vivo,
siendo un animado muerto;
y aunque nunca vi ni hablé
sino a un hombre solamente
que aquí mis desdichas siente,
por quien las noticias sé

de cielo y tierra; y aun que
aquí, por que más te asombres
y monstruo humano me nombres
entre asombros y quimeras,
soy un hombre de las fieras
y una fiera de los hombres;
y aunque en desdichas tan graves
la política he estudiado,
de los brutos enseñado,
advertido de las aves,
y de los astros suaves
los círculos he medido,
tú, sólo tú, has suspendido
la pasión a mis enojos,
la suspensión a mis ojos,
la admiración a mi oído.
Con cada vez que te veo
nueva admiración me das
y cuando te miro más
aun más mirarte deseo.
Ojos hidrópicos creo
que mis ojos deben ser:
pues, cuando es muerte el beber,
beben más, y desta suerte,
viendo que el ver me da muerte,
estoy muriendo por ver.
Pero véate yo y muera;
que no sé, rendido ya,
si el verte muerte me da,
el no verte qué me diera.
Fuera más que muerte fiera,
ira, rabia y dolor fuerte;
fuera muerte: desta suerte
su rigor he ponderado,
pues dar vida a un desdichado
es dar a un dichoso muerte.

ROSAURA. Con asombro de mirarte,
con admiración de oírte,
ni sé qué pueda decirte,
ni qué pueda preguntarte;
sólo diré que a esta parte
hoy el cielo me ha guiado

para haberme consolado,
si consuelo puede ser
del que es desdichado, ver
otro que es más desdichado.
Cuentan de un sabio que un día
tan pobre y mísero estaba,
que sólo se sustentaba
de unas hierbas que cogía.
¿Habrá otro (entre sí decía)
más pobre y triste que yo?
Y cuando el rostro volvió,
halló la respuesta, viendo
que iba otro sabio cogiendo
las hojas que él arrojó.
Quejoso de la fortuna
yo en este mundo vivía,
y cuando entre mí decía:
¿habrá otra persona alguna
de suerte más importuna?
piadoso me has respondido;
pues volviendo en mi sentido,
hallo que las penas mías
para hacerlas tú alegrías
las hubieras recogido.
Y por si acaso mis penas
pueden en algo aliviarte,
óyelas atento, y toma
las que dellas me sobraren.
Yo soy...

ESCENA TERCERA

CLOTALDO. *(Dentro.)* Guardas desta torre,
que, dormidas o cobardes,
disteis paso a dos personas
que han quebrantado la cárcel...
ROSAURA. Nueva confusión padezco.
SEGISMUNDO. Este es Clotaldo, mi alcaide.
¿Aún no acaban mis desdichas?
CLOTALDO. Acudid, y vigilantes,
sin que puedan defenderse,
o prendedles o matadles.

Voces dentro. ¡Traición!

CLARÍN. Guardas desta torre,
que entrar aquí nos dejasteis,
pues que nos dais a escoger,
el prendernos es más fácil.

(Salen CLOTALDO *y soldados: él con una pistola, y todos con los rostros cubiertos.)*

CLOTALDO. *(Aparte a los soldados al salir.)*
Todos os cubrid los rostros;
que es diligencia importante
mientras estamos aquí
que no nos conozca nadie.

CLARÍN. ¿Enmascaraditos hay?

CLOTALDO. ¡Oh vosotros que, ignorantes,
de aqueste vedado sitio
coto y términa pisasteis
contra el decreto del rey,
que manda que no ose nadie
examinar el prodigio
que entre esos peñascos yace!
Rendid las armas y vidas,
o aquesta pistola, áspid
de metal, escupirá
el veneno penetrante
de dos bala, cuyo fuego
será escándalo del aire.

SEGISMUNDO. Primero, tirano dueño,
que los ofendas ni agravies,
será mi vida despojo
destos lazos miserables;
pues en ellos ¡vive Dios!
tengo de despedazarme
con las manos, con los dientes,
entre aquestas peñas, antes
que su desdicha consienta
y que llore sus ultrajes.

CLOTALDO. Si sabes que tus desdichas,
Segismundo, son tan grandes,
que antes de nacer moriste,

por ley del cielo; si sabes
que aquestas prisiones son
de tus furias arrogantes
un freno que las detenga
y una rueda que las pare
¿por qué blasonas? La puerta
(A los soldados.)
cerrad de esa estrecha cárcel;
escondedle en ella.

SEGISMUNDO. ¡Ah cielos,
qué bien hacéis en quitarme
la libertad! Porque fuera
contra vosotros gigante,
que para quebrar al sol
esos vidrios y cristales,
sobre cimientos de piedra
pusiera montes de jaspe.

CLOTALDO. Quizá por que no los pongas
hoy padeces tantos males.

(Llévanse algunos soldados a SEGISMUNDO, *y enciérranle en su prisión.)*

ESCENA CUARTA

ROSAURA. Ya que vi que la soberbia
te ofendió tanto, ignorante
fuera en no pedirte humilde
vida que a tus plantas yace.
Muévate en mí la piedad;
que será rigor notable
que no hallen favor en ti
ni soberbias ni humildades.

CLARÍN. Y si Humildad ni Soberbia
no te obligan, personajes
que han movido y removido
mil autos sacramentales,
yo, ni humilde ni soberbio,
sino entre las dos mitades
entreverado, te pido
que nos remedies y ampares.

CLOTALDO. ¡Hola!

SOLDADOS. Señor...

CLOTALDO. A los dos
quitad las armas, y atadles
los ojos, por que no vean
cómo ni de dónde salen.

ROSAURA. Mi espada es ésta, que a ti
solamente ha de entregarse,
porque al fin, de todos eres
el principal, y no sabe
rendirse a menos valor.

CLARÍN. La mía es tal, que puede darse
al más ruin: tomadla vos. *(A un soldado.)*

ROSAURA. Y si he de morir, dejarte
quiero, en fe desta piedad,
prenda que pudo estimarse
por el dueño que algún día
se la ciñó: que la guardes
te encargo, porque aunque yo
no sé qué secreto alcance,
sé que esta dorada espada
encierra misterios grandes,
pues sólo fiado en ella
vengo a Polonia a vengarme
de un agravio.

CLOTALDO. ¡Santos cielos!
¡qué es esto! Ya son más graves
mis penas y confusiones,
mis ansias y mis pesares.
¿Quién te la dio?

ROSAURA. Una mujer.

CLOTALDO. ¿Cómo se llama?

ROSAURA. Que calle
su hombre es fuerza.

CLOTALDO. ¿De qué
infieres ahora, o sabes,
que hay secreto en esta espada?

ROSAURA. Quien me la dio, dijo: «Parte
a Polonia, y solicita
con ingenio, estudio o arte,
que te vean esa espada
los nobles y principales,

que yo se que alguno dellos
te favorezca y ampare»;
que por si acaso era muerto
no quiso entonces nombrarle.

CLOTALDO. *(Aparte.)* ¡Válgame el cielo, qué escucho!
Aún no sé determinarme
si tales sucesos son
ilusiones o verdades.
Esta es la espada que yo
dejé a la hermosa Violante
por señas que el que ceñida
la trajera había de hallarme
amoroso como hijo
y piadoso como padre.
¿Pues qué he de hacer ¡ay de mí!
en confusión semejante,
si quien la trae por favor,
para su muerte la trae,
pues que sentenciado a muerte
llega a mis pies? ¡Qué notable
confusión! ¡Qué triste hado!
¡Qué suerte tan inconstante!
Este es mi hijo, y las señas
dicen bien con las señales
del corazón, que por verlo
llama al pecho y en él bate
las alas, y no pudiendo
romper los candados, hace
lo que aquél que está encerrado
y oyendo ruido en la calle
se asoma por la ventana:
él así, como no sabe
lo que pasa, y oye el ruido,
va a los ojos a asomarse,
que son ventanas del pecho
por donde en lágrimas sale.
¿Qué he de hacer? ¡Valedme, cielos!
¿Qué he de hacer? Porque llevarle
al rey, es llevarle ¡ay triste!
a morir. Pues ocultarle
al rey, no puedo, conforme
a la ley del homenaje.

De una parte el amor propio,
y la lealtad de otra parte
me rinden. Pero ¿qué dudo?
La lealtad al rey ¿no es antes
que la vida y que el honor?
Pues ella viva y él falte.
Fuera de que si ahora atiendo
a que dijo que a vengarse
viene de un agravio, hombre
que está agraviado es infame.
No es mi hijo, no es mi hijo,
ni tiene mi noble sangre.
Pero si ya ha sucedido
un peligro, de quien nadie
se libró, porque el honor
es de materia tan frágil
que con una acción se quiebra
o se mancha con un aire,
¿qué más puede hacer, que más,
el que es noble, de su parte,
que a costa de tantos riesgos
haber venido a buscarle?
Mi hijo es, mi sangre tiene,
pues tiene valor tan grande;
y así, entre una y otra duda,
el medio más importante
es irme al rey y decirle
que es mi hijo y que le mate.
Quizá la misma piedad
de mi honor podrá obligarle;
y si le merezco vivo,
yo le ayudaré a vengarse
de su agravio; mas si el rey,
en sus rigores constante,
le da muerte, morirá
sin saber que soy su padre.—
Venid conmigo, extranjeros,
no temáis, no, de que os falte
compañía en las desdichas,
pues en duda semejante
de vivir o de morir
no sé cuáles son más grandes. *(Vanse.)*

(Salón del palacio real en la Corte)

ESCENA QUINTA

(ASTOLFO *y soldados que salen por un lado, y por el otro la* INFANTA ESTRELLA *y damas. Música militar dentro y salvas.)*

ASTOLFO. Bien al ver los excelentes
rayos que fueron cometas
mezclan salvas diferentes
las cajas[3] y las trompetas,
los pájaros y las fuentes;
siendo con música igual,
y con maravilla suma,
a tu vista celestial
unos, clarines de pluma,
y otras, aves de metal;
y así os saludan, señora,
como a su reina las balas,
los pájaros como Aurora,
las trompetas como a Palas
y las flores como a Flora;
porque sois, burlando el día
que ya la noche destierra,
Aurora en el alegría,
Flora en paz, Palas en guerra,
y reina en el alma mía.

ESTRELLA. Si la voz se ha de medir
con las acciones humanas,
mal habéis hecho en decir
finezas tan cortesanas,
donde os puede desmentir
todo ese marcial trofeo
con quien ya atrevida lucho;
pues no dicen, según creo,

[3] *cajas:* 'tambores'.

las lisonjas que os escucho
con los rigores que veo.
Y advertid que es baja acción,
que sólo a una fiera toca,
madre de engaño y traición,
el halagar con la boca
y matar con la intención.

ASTOLFO. Muy mal informada estáis,
Estrella, pues que la fe
de mis finezas dudáis,
y os suplico que me oigáis
la causa, a ver si la sé.
Falleció Eustorgio tercero,
rey de Polonia, y quedó
Basilio por heredero,
y dos hijas, de quien yo
y vos nacimos. No quiero
cansar con lo que no tiene
lugar aquí.—Corilene,
vuestra madre y mi señora,
que en mejor imperio ahora
dosel de luceros tiene,
fue la mayor, de quien vos
sois hija; fue la segunda,
madre y tía de los dos,
la gallarda Recisunda,
que guarde mil años Dios;
casó en Moscovia; de quien
nací yo. Volver ahora
al otro principio es bien.
Basilio, que ya, señora,
se rinde al común desdén
del tiempo, más inclinado
a los estudios que dado
a mujeres, enviudó
sin hijos, y vos y yo
aspiramos a este Estado.
Vos alegáis que habéis sido
hija de hermana mayor;
yo, que varón he nacido,
y aunque de hermana menor
os debo ser preferido.

Vuestra intención y la mía
a nuestro tío contamos:
él respondió que quería
componernos, y aplazamos
este puesto y este día.
Con esta intención salí
de Moscovia y de su tierra;
con ésta llegué hasta aquí,
en vez de haceros yo guerra,
a que me la hagáis a mí.
¡Oh! quiera Amor, sabio dios,
que el vulgo, astrólogo cierto,
hoy lo sea con los dos,
y que pare este concierto
en que seáis reina vos,
pero reina en mi albedrío,
dándoos, para más honor,
su corona nuestro tío,
sus triunfos vuestro valor
y su imperio el amor mío.

ESTRELLA. A tan cortés bizarría
menos mi pecho no muestra,
pues la imperial monarquía
para sólo hacerla vuestra
me holgara que fuera mía;
aunque no está satisfecho
mi amor de que sois ingrato,
si en cuanto decís sospecho
que os desmiente ese retrato
que está pendiente del pecho.

ASTOLFO. Satisfaceros intento
con él... Mas lugar no da
tanto sonoro instrumento *(Tocan cajas.)*
que avisa que sale ya
el rey con su parlamento.

ESCENA SEXTA

(Sale el rey BASILIO *con acompañamiento.)*

ESTRELLA. Sabio Tales...
ASTOLFO. Doctor Euclides...
ESTRELLA. que entre signos...
ASTOLFO. que entre estrellas...
ESTRELLA. hoy gobiernas...
ASTOLFO. hoy resides...
ESTRELLA. y sus caminos...
ASTOLFO. sus huellas...
ESTRELLA. describes
ASTOLFO. tasas y mides...
ESTRELLA. deja que en humildes lazos...
ASTOLFO. deja que en tiernos abrazos...
ESTRELLA. hiedra dese tronco sea...
ASTOLFO. rendido a tus pies me vea.
BASILIO. Sobrinos, dadme los brazos,
y creed, pues que leales
a mi precepto amoroso
venís con afectos tales,
que a nadie deje quejoso
y los dos quedéis iguales.
Y así, cuando me confieso
rendido al prolijo peso,
sólo os pido en la ocasión
silencio, que admiración
ha de pedirla el suceso.
Ya sabéis (estadme atentos,
amados sobrinos míos,
corte ilustre de Polonia,
vasallos, duedos y amigos),
ya sabéis que yo en el mundo
por mi ciencia he merecido
el sobrenombre de docto,
pues, contra el tiempo y olvido,
los pinceles de Timantes,
los mármoles de Lisipo,

en el ámbito del orbe
me aclaman el gran Basilio.
Ya sabéis que son las ciencias
que más curso y más estimo
matemáticas sutiles,
por quien al tiempo le quito,
por quien a la fama rompo
la jurisdicción y oficio
de enseñar más cada día;
pues cuando en mis tablas miro
presentes las novedades
de los venideros siglos,
le gano al tiempo las gracias
de contar lo que yo he dicho.
Esos círculos de nieve,
esos doseles de vidrio
que el sol ilumina a rayos,
que parte la luna a giros;
esos orbes de diamantes,
esos globos cristalinos
que las estrellas adornan
y que campean los signos,
son el estudio mayor
de mis años, son los libros
donde en papel de diamante,
en cuadernos de zafiro,
escribe con líneas de oro,
en caracteres distintos,
el cielo nuestros sucesos,
ya adversos o ya benignos.
Éstos leo tan veloz,
que con mi espíritu sigo
sus rápidos movimientos
por rumbos y por caminos.
¡Pluguiera al cielo, primero
que mi ingenio hubiera sido
de sus márgenes comento
y de sus hojas registro,
hubiera sido mi vida
el primero desperdicio
de sus iras, y que en ellas
mi tragedia hubiera sido,

porque de los infelices
aun el mérito es cuchillo,
que a quien le daña el saber
homicida es de sí mismo!
Dígalo yo, aunque mejor
lo dirán sucesos míos,
para cuya admiración
otra vez silencio os pido.
En Clorilene, mi esposa,
tuve un infelice hijo,
en cuyo parto los cielos
se agotaron de prodigios.
Antes que a la luz hermosa
le diese el sepulcro vivo
de un vientre (porque el nacer
y morir son parecidos),
su madre infinitas veces,
entre ideas y delirios
del sueño, vio que rompía
sus entrañas atrevido
un monstruo en forma de hombre,
y, entre su sangre teñido,
le daba muerte, naciendo
víbora humana del siglo.
Llegó de su parto el día,
y los presagios cumplidos
(porque tarde o nunca son
mentirosos los impíos),
nació en horóscopo tal,
que el sol, en su sangre tinto,
entraba sañudamente
con la luna en desafío,
y siendo valla la tierra,
los dos faroles divinos
a luz entera luchaban,
ya que no a brazo partido.
El mayor, el más horrendo
eclipse que ha padecido
el sol, después que con sangre
lloró la muerte de Cristo,
éste fue, porque, anegado
el orbe en incendios vivos,

presumió que padecía
el último parasismo.
Los cielos se oscurecieron,
temblaron los edificios,
llovieron piedras las nubes,
corrieron sangre los ríos.
En aqueste, pues, del sol
ya frenesí o ya delirio,
nació Segismundo, dando
de su condición indicios,
pues dio la muerte a su madre,
con cuya fiereza dijo:
Hombre soy, pues que ya empiezo
a pagar mal beneficios.
Yo, acudiendo a mis estudios,
en ellos y en todo miro
que Segismundo sería
el hombre más atrevido,
el príncipe más cruel
y el monarca más impío
por quien su reino vendría
a ser parcial y diviso,
escuela de las traiciones
y academia de los vicios;
y él, de su furor llevado,
entre asombros y delitos,
había de poner en mí
las plantas, y yo, rendido
a sus pies me había de ver
(¡con qué vergüenza lo digo!),
siendo alfombra de sus plantas
las canas del rostro mío.
¿Quién no da crédito al daño,
y más al daño que ha visto
en su estudio, donde hace
el amor propio su oficio?
Pues dando crédito yo
a los hados, que, divinos,
me pronosticaban daños
en fatales vaticinios,
determiné de encerrar
la fiera que había nacido,

por ver si el sabio tenía
en las estrellas dominio.
Publicóse que el infante
nació muerto, y prevenido
hice labrar una torre
entre las peñas y riscos
de esos montes, donde apenas
la luz ha hallado camino,
por defenderle la entrada
sus rústicos obeliscos.
Las graves penas y leyes,
que con públicos edictos
declararon que ninguno
entrase a un vedado sitio
del monte, se ocasionaron
de las causas que os he dicho.
Allí Segismundo vive
mísero, pobre y cautivo,
adonde sólo Clotaldo
le ha hablado, tratado y visto.
Éste le ha enseñado ciencias;
éste en la ley le ha instruido
católica, siendo solo
de sus miserias testigo.
Aquí hay tres cosas: la una
que yo, Polonia, os estimo
tanto, que os quiero librar
de la opresión y servicio
de un rey tirano, por que
no fuera señor benigno
el que a su patria y su imperio
pusiera en tanto peligro.
La otra es considerar
que si a mi sangre le quito
el derecho que le dieron
humano fuero y divino,
no es cristiana caridad;
pues ninguna ley ha dicho
que por reservar yo a otro
de tirano y de atrevido,
pueda yo serlo, supuesto
que si es tirano mi hijo,

por que él delitos no haga,
vengo yo a hacer los delitos.
Es la última y tercera
el ver cuánto yerro ha sido
dar crédito fácilmente
a los sucesos previstos;
pues aunque su inclinación
le dicte sus precipicios,
quizá no le vencerán,
porque el hado más esquivo,
la inclinación más violenta,
el planeta más impío,
sólo el albedrío inclinan,
no fuerzan el albedrío.
Y así, entre una y otra causa
vacilante y discursivo,
previne un remedio tal
que os suspenda los sentidos.
Yo he de ponerle mañana,
sin que él sepa que es mi hijo
y rey vuestro, a Segismundo
(que aqueste su nombre ha sido)
en mi dosel, en mi silla,
y, en fin, en el lugar mío,
donde os gobierne y os mande,
y donde todos rendidos
la obediencia le juréis;
pues con aquesto consigo
tres cosas, con que respondo
a las otras tres que he dicho.
Es la primera, que siendo
prudente, cuerdo y benigno,
desmintiendo en todo al hado
que dél tantas cosas dijo,
gozaréis el natural
príncipe vuestro, que ha sido
cortesano de unos montes
y de sus fieras vecino.
Es la segunda, que si él,
soberbio, osado, atrevido
y cruel, con rienda suelta
corre el campo de sus vicios,

habré yo piadoso entonces
con mi obligación cumplido;
y luego en desposeerle
haré como rey invicto,
siendo el volverle a la cárcel
no crueldad, sino castigo.
Es la tercera, que siendo
el príncipe como os digo,
por lo que os amo, vasallos,
os daré reyes más dignos
de la corona y el cetro;
pues serán mis dos sobrinos,
que junto en uno el derecho
de los dos, y convenidos
con la fe del matrimonio,
tendrán lo que han merecido.
Esto como rey os mando,
esto como padre os pido,
esto como sabio os ruego,
esto como anciano os digo;
y si el Séneca español,
que era humilde esclavo, dijo,
de su república un rey,
como esclavo os lo suplico.

ASTOLFO. Si a mí el responder me toca,
como el que en efecto ha sido
aquí el más interesado,
en nombre de todos digo
que Segismundo parezca,
pues le basta ser tu hijo.

TODOS. Dános al príncipe nuestro,
que ya por rey le pedimos.

BASILIO. Vasallos, esa fineza
os agradezco y estimo.
Acompañad a sus cuartos
a los dos Atlantes míos,
que mañana le veréis.

TODOS. ¡Viva el grande rey Basilio!

(Éntranse todos acompañando a ESTRELLA *y a* ASTOLFO; *quédase el* REY.*)*

ESCENA SÉPTIMA

(*Salen* CLOTALDO, ROSAURA, CLARÍN.)

CLOTALDO. ¿Podréte hablar? (*Al rey.*)
BASILIO. ¡Oh Clotaldo!
Tú seas muy bien venido.
CLOTALDO. Aunque viniendo a tus plantas
era fuerza haberlo sido,
esta vez rompe, señor,
el hado triste y esquivo
el privilegio a la ley
y a la costumbre el estilo.
BASILIO. ¿Qué tienes?
CLOTALDO. Una desdicha,
señor, que me ha sucedido,
cuando pudiera tenerla
por el mayor regocijo.
BASILIO. Prosigue.
CLOTALDO. Este bello joven,
osado e inadvertido,
entró en la torre, señor,
adonde al príncipe ha visto,
y es...
BASILIO. No os aflijáis, Clotaldo.
Si otro día hubiera sido,
confieso que lo sintiera;
pero ya el secreto he dicho,
y no importa que él lo sepa,
supuesto que yo lo digo.
Vedme después, porque tengo
muchas cosas que advertiros
y muchas que hagáis por mí;
que habéis de ser os aviso,
instrumento del mayor
suceso que el mundo ha visto:
y a esos presos, por que al fin
no presumáis que castigo
descuidos vuestros, perdono. (*Vase.*)
CLOTALDO. ¡Vivas, gran señor, mil siglos!

ESCENA OCTAVA

CLOTALDO. *(Aparte.)* (Mejoró el cielo la suerte.
Ya no diré que es mi hijo,
pues que lo puedo excusar.)
Extranjeros peregrinos,
libres estáis.

ROSAURA. Tus pies beso
mil veces.

CLARÍN. Y yo los viso,
que una letra más o menos
no reparan dos amigos.

ROSAURA. La vida, señor, me has dado;
y pues a tu cuenta vivo,
eternamente seré
esclavo tuyo.

CLOTALDO. No ha sido
vida la que yo te he dado;
porque un hombre bien nacido,
si está agraviado, no vive;
y supuesto que has venido
a vengarte de un agravio,
según tú propio me has dicho,
no te he dado vida yo,
porque tú no la has traído;
que vida infame no es vida.
(Aparte. Bien con aquesto lo animo.)

ROSAURA. Confieso que no la tengo,
aunque de ti la recibo;
pero yo con la venganza
dejaré mi honor tan limpio,
que pueda mi vida luego,
atropellando peligros,
parecer dádiva tuya.

CLOTALDO. Toma el acero bruñido
que trajiste; que yo sé
que él baste, en sangre teñido
de tu enemigo, a vengarte;
porque acero que fue mío
(digo este instante, este rato

que en mi poder lo he tenido)
sabrá vengarte.

ROSAURA. En tu nombre
segunda vez me le ciño,
y en él juro mi venganza,
aunque fuese mi enemigo
más poderoso.

CLOTALDO. ¿Eslo mucho?

ROSAURA. Tanto, que no te lo digo;
no porque de tu prudencia
mayores cosas no fío,
sino por que no se vuelva
contra mí el favor que admiro
en tu piedad.

CLOTALDO. Antes fuera
ganarme a mí con decirlo;
pues fuera cerrarme el paso
de ayudar a tu enemigo.
(*Aparte*. ¡Oh si supiera quién es!)

ROSAURA. Por que no pienses que estimo
tan poco esa confianza,
sabe que el contrario ha sido
no menos que Astolfo, duque
de Moscovia.

CLOTALDO. (*Aparte*. Mal resisto
el dolor, porque es más grave
que fue imaginado, visto.
Apuremos más el caso.)
Si moscovita has nacido,
el que es natural señor
mal agraviarte ha podido:
vuélvete a tu patria, pues,
y deja el ardiente brío
que te despeña.

ROSAURA. Yo sé
que, aunque mi príncipe ha sido,
pudo agraviarme.

CLOTALDO. No pudo,
aunque pusiera, atrevido,
la mano en tu rostro. (*Aparte*. ¡Ay cielos!)

ROSAURA. Mayor fue el agravio mío.

CLOTALDO. Dilo ya, pues que no puedes

decir más que yo imagino.

ROSAURA. Sí dijera; mas no sé
con qué respeto te miro,
con qué afecto te venero,
con qué estimación te asisto,
que no me atrevo a decirte
que es este exterior vestido
enigma, pues no es de quien
parece: juzga advertido,
si no soy lo que parezco,
y Astolfo a casarse vino
con Estrella, si podrá
agraviarme. Harto te he dicho.

(*Vanse* ROSAURA *y* CLARÍN.)

CLOTALDO. ¡Escucha, aguarda, detente!
¿Qué confuso laberinto
es éste, donde no puede
hallar la razón el hilo?
Mi honor es el agraviado,
poderoso el enemigo,
yo vasallo, ella mujer:
descubra el cielo camino;
aunque no sé si podrá,
cuando en tan confuso abismo
es todo el cielo un presagio
y es todo el mundo un prodigio.

JORNADA SEGUNDA

[Salón del palacio real.]

ESCENA PRIMERA

BASILIO, CLOTALDO.

CLOTALDO. Todo, como lo mandaste,
queda efectuado.

BASILIO. Cuenta,
Clotaldo, cómo pasó.

CLOTALDO. Fue, señor, desta manera:
con la apacible bebida
que de confecciones[1] llena
hacer mandaste, mezclando
la virtud de alguna hierbas,
cuyo tirano poder
y cuya secreta fuerza
así al humano discurso
priva, roba y enajena,
que deja vivo cadáver
a un hombre, y cuya violencia,
adormecido, le quita
los sentidos y potencias...
—No tenemos que argüir
que aquesto posible sea,
pues tantas veces, señor,
nos ha dicho la experiencia,
y es cierto, que de secretos
naturales está llena
la Medicina, y no hay

---

[1] *confección:* Preparado de consistencia blanda, compuesto de varias sustancias pulverizadas, casi siempre de naturaleza vegetal, con cierta cantidad de jarabe o miel.

animal, planta ni piedra
que no tenga calidad
determinada, y si llega
a examinar mil venenos
la humana malicia nuestra
que den la muerte ¿qué mucho
que, templada su violencia,
pues hay venenos que maten
haya venenos que aduerman?
Dejando aparte el dudar,
si es posible que suceda,
pues que ya queda probado
con razones y evidencias...
Con la bebida, en efecto,
que el opio, la adormidera
y el beleño compusieron,
bajé a la cárcel estrecha
de Segismundo, y con él
hablé un rato de las letras
humanas, que le ha enseñado
la madre naturaleza
de los montes y los cielos,
en cuya divina escuela
la retórica aprendió
de las aves y las fieras.
Para levantarle más
el espíritu a la empresa
que solicitas, tomé
por asunto la presteza
de un águila caudalosa,
que, despreciando la esfera
del viento, pasaba a ser
en las regiones supremas
del fuego rayo de pluma,
o desasido cometa.
Encarecí el vuelo altivo
diciendo: «Al fin eres reina
de las aves, y así, a todas
es justo que las prefieras.»
El no hubo menester más;
que en tocando esta materia
de la majestad, discurre

con ambición y soberbia;
porque, en efecto, la sangre
le incita, mueve y alienta
a cosas grandes, y dijo:
«¡Que en la república inquieta
de las aves también haya
quien les jure la obediencia!
En llegando a este discurso,
mis desdichas me consuelan;
pues, por lo menos, si estoy
sujeto, lo estoy por fuerza;
porque voluntariamente
a otro hombre no me rindiera.»
Viéndole ya enfurecido
con esto, que ha sido el tema
de su dolor, le brindé
con la pócima, y apenas
pasó desde el vaso al pecho
el licor, cuando las fuerzas
rindió al sueño, discurriendo
por los miembros y las venas
un sudor frío, de modo
que, a no saber yo que era
muerte fingida, dudara
de su vida. En esto llegan
las gentes de quien tú fías
el valor desta experiencia,
y poniéndole en un coche
hasta tu cuarto le llevan,
donde prevenida estaba
la majestad y grandeza
que es digna de su persona.
Allí en tu cama le acuestan,
donde al tiempo que el letargo
haya perdido la fuerza,
como a ti mismo, señor,
le sirvan, que así lo ordenas.
Y si haberte obedecido
te obliga a que yo merezca
galardón, sólo te pido
(perdona mi inadvertencia)
que me digas qué es tu intento

trayendo desta manera
a Segismundo a palacio.

BASILIO. Clotaldo, muy justa es esa
duda que tienes, y quiero
sólo a ti satisfacerla.
A Segismundo, mi hijo,
el influjo de su estrella
(bien lo sabes) amenaza
mil desdichas y tragedias.
Quiero examinar si el cielo,
que no es posible que mienta,
y más habiéndonos dado
de su rigor tantas muestras,
en su cruel condición,
o se mitiga, o se templa
por lo menos, y vencido
con valor y con prudencia
se desdice; porque el hombre
predomina en las estrellas.
Esto quiero examinar,
trayéndole donde sepa
que es mi hijo, y donde haga
de su talento la prueba.
Si magnánimo la vence,
reinará; pero si muestra
el ser cruel y tirano,
le volveré a su cadena.
Ahora preguntarás
que para aquesta experiencia
¿qué importó haberle traído
dormido desta manera?
Y quiero satisfacerte,
dándote a todo respuesta.
Si él supiera que es mi hijo
hoy, y mañana se viera
segunda vez reducido
a su prisión y miseria,
cierto es de su condición
que desesperara en ella;
porque sabiendo quién es
¿qué consuelo habrá que tenga?
Y así he querido dejar

abierta al daño la puerta
del decir que fue soñado
cuanto vio. Con esto llegan
a examinarse dos cosas:
su condición, la primera;
pues él despierto procede
en cuanto imagina y piensa.
Y el consuelo la segunda;
pues aunque ahora se vea
obedecido, y después
a sus prisiones se vuelva,
podrá entender que soñó,
y hará bien cuando lo entienda;
porque en el mundo, Clotaldo,
todos los que viven sueñan.

CLOTALDO. Razones no me faltaran
para probar que no aciertas;
mas ya no tiene remedio;
y según dicen las señas,
parece que ha despertado
y hacia nosotros se acerca.

BASILIO. Yo me quiero retirar.
Tú, como ayo suyo, llega,
y de tantas confusiones
como su discurso cercan
le saca con la verdad.

CLOTALDO. ¿En fin, que me das licencia
para que lo diga?

BASILIO. Sí;
que podrá ser, con saberla,
que, conocido el peligro,
más fácilmente se venza. *(Vase.)*

ESCENA SEGUNDA

Sale CLARÍN.

CLARÍN. *(Aparte.)* (A costa de cuatro palos
que el llegar aquí me cuesta,
de un alabardero rubio
que barbó de su librea,
tengo de ver cuanto pasa;
que no hay ventana más cierta
que aquella que, sin rogar
a un ministro de boletas,
un hombre se trae consigo;
pues para todas las fiestas
despojado y despejado
se asoma a su desvergüenza.)

CLOTALDO. *(Aparte.)* (Éste es Clarín, el criado
de aquélla ¡ay cielos! de aquélla
que, tratante de desdichas,
pasó a Polonia mi afrenta.)
Clarín, ¿qué hay de nuevo?

CLARÍN. Hay,
señor, que tu gran clemencia,
dispuesta a vengar agravios
de Rosaura, la aconseja
que tome su propio traje.

CLOTALDO. Y es bien, por que no parezca
liviandad.

CLARÍN. Hay que mudando
su nombre, y tomando, cuerda,
nombre de sobrina tuya,
hoy tanto honor se acrecienta,
que dama en palacio ya
de la singular Estrella
vive.

CLOTALDO. Es bien que de una vez
tome su honor por mi cuenta.

CLARÍN. Hay que ella está esperando
que ocasión y tiempo venga
en que vuelvas por su honor.

CLOTALDO. Prevención segura es ésa;
que al fin el tiempo ha de ser
quien haga esas diligencias.

CLARÍN. Hay que ella está regalada,
servida como una reina,
en fe de sobrina tuya.
Y hay que viniendo con ella,
estoy yo muriendo de hambre
y nadie de mí se acuerda,
sin mirar que soy Clarín,
y que si el tal clarín suena,
podrá decir cuanto pasa
al rey, a Astolfo y a Estrella;
porque Clarín y criado
son dos cosas que se llevan
con el secreto muy mal;
y podrá ser, si me deja
el silencio de su mano,
se cante por mí esta letra:
Clarín que rompe el albor,
no suena mejor.

CLOTALDO. Tu queja está bien fundada;
yo satisfaré tu queja,
y en tanto, sírveme a mí.

CLARÍN. Pues ya Segismundo llega.

ESCENA TERCERA

(Músicos cantando, y criados dando de vestir a SEGISMUNDO, *que sale como asombrado.)*

SEGISMUNDO. ¡Válgame el cielo, qué veo!
¡Válgame el cielo, qué miro!
Con poco espanto lo admiro,
con mucha duda lo creo.
¿Yo en palacios suntuosos?
¿Yo entre telas y brocados?
¿Yo cercado de criados
tan lucidos y briosos?
¿Yo despertar de dormir

en lecho tan excelente?
¿Yo en medio de tanta gente
que me sirva de vestir?
Decir que sueño es engaño:
bien sé que despierto estoy.
¿Yo Segismundo no soy?
Dadme, cielos, desengaño.
Decidme: ¿qué pudo ser
esto que a mi fantasía
sucedió mientras dormía,
que aquí me he llegado a ver?
Pero sea lo que fuere
¿quién me mete en discurrir?
Dejarme quiero servir
y venga lo que viniere.

CRIADO 1.º ¡Qué melancólico está!

CRIADO 2.º ¿Pues a quién le sucediera
esto, que no lo estuviera?

CLARÍN. A mí.

CRIADO 2.º Llega a hablarle ya.

CRIADO 1.º *(A SEGISMUNDO.)* ¿Volverán a cantar?

SEGISMUNDO. No,
no quiero que canten más.

CRIADO 2.º Como tan suspenso estás,
quise divertirte.

SEGISMUNDO. Yo
no tengo de divertir
con sus voces mis pesares;
las músicas militares
sólo he gustado de oír.

CLOTALDO. Vuestra Alteza, gran señor,
me dé su mano a besar,
que el primero os ha de dar
esta obediencia mi honor.

SEGISMUNDO. *(Aparte.)* (Clotaldo es: ¿pues cómo así
quien en prisión me maltrata
con tal respeto me trata?
¿Qué es lo que pasa por mí?)

CLOTALDO. Con la grande confusión
que el nuevo estado te da,
mil dudas padecerá
el discurso y la razón;

pero ya librarte quiero
de todas (si puede ser),
porque has, señor, de saber
que eres príncipe heredero
de Polonia. Si has estado
retirado y escondido,
por obedecer ha sido
a la inclemencia del hado,
que mil tragedias consiente
a este imperio, cuando en él
el soberano laurel
corone tu augusta frente.
Mas fiando a tu atención
que vencerás las estrellas,
porque es posible vencellas
un magnánimo varón,
a palacio te han traído
de la torre en que vivías,
mientras al sueño tenías
el espíritu rendido.
Tu padre, el rey mi señor,
vendrá a verte, y dél sabrás,
Segismundo, lo demás.

SEGISMUNDO. Pues, vil, infame, traidor,
¿qué tengo más que saber,
después de saber quién soy,
para mostrar desde hoy
mi soberbia y mi poder?
¿Cómo a tu patria le has hecho
tal traición, que me ocultaste
a mí, pues me negaste,
contra razón y derecho
este estado?

CLOTALDO. ¡Ay de mí triste!

SEGISMUNDO. Traidor fuiste con la ley,
lisonjero con el rey
y cruel conmigo fuiste;
y así, el rey, la ley y yo,
entre desdichas tan fieras.
te condenan a que mueras
a mis manos.

CRIADO 2.º Señor...

SEGISMUNDO. No
me estorbe nadie, que es vana
diligencia; y ¡vive Dios!
si os ponéis delante vos,
que os echo por la ventana.

CRIADO 2.º Huye, Clotaldo.

CLOTALDO. ¡Ay de ti,
qué soberbia vas mostrando,
sin saber que estás soñando! *(Vase.)*

CRIADO 2.º Advierte...

SEGISMUNDO. Aparta de aquí.

CRIADO 2.º ... que a su rey obedeció.

SEGISMUNDO. En lo que no es justa ley
no ha de obedecer al rey,
y su príncipe era yo.

CRIADO 2.º El no debió examinar
si era bien hecho o mal hecho.

SEGISMUNDO. Que estáis mal con vos sospecho,
pues me dais que replicar.

CLARÍN. Dice el príncipe muy bien
y vos hicisteis muy mal.

CRIADO 2.º ¿Quién os dio licencia igual?

CLARÍN. Yo me la he tomado.

SEGISMUNDO. ¿Quién
eres tú, di?

CLARÍN. Entremetido,
y deste oficio soy jefe,
porque soy el mequetrefe
mayor que se ha conocido.

SEGISMUNDO. Tú sólo en tan nuevos mundos
me has agradado.

Señor,
soy un grande agradador
de todos los Segismundos.

ESCENA CUARTA

Sale ASTOLFO.

ASTOLFO. ¡Feliz mil veces el día
¡oh príncipe! que os mostráis
sol de Polonia, y llenáis
de resplandor y alegría
todos esos horizontes
con tan divino arrebol;
pues que salís como el sol
de los senos de los montes!
Salid, pues, y aunque tan tarde
se corona vuestra frente
del laurel resplandeciente,
tarde muera.

SEGISMUNDO. Dios os guarde.

ASTOLFO. El no haberme conocido
sólo por disculpa os doy
de no honrarme más. Yo soy
Astolfo, duque he nacido
de Moscovia, y primo vuestro:
haya igualdad en los dos

SEGISMUNDO. Si digo que os guarde Dios
¿bastante agrado no os muestro?
Pero ya que, haciendo alarde
de quien sois, desto os quejáis,
otra vez que me veáis
le diré a Dios que no os guarde.

CRIADO 2.º (*A* ASTOLFO.) Vuestra Alteza considere
que como en montes nacido
con todos ha procedido.
(*A* SEGISMUNDO.) Astolfo, señor, prefiere...

SEGISMUNDO. Cansóme como llegó
grave a hablarme, y lo primero
que hizo, se puso el sombrero.

CRIADO 2.º Es grande.

SEGISMUNDO. Mayor soy yo.

CRIADO 2.º Con todo eso, entre los dos
que haya más respeto es bien
que entre los demás.

SEGISMUNDO. ¿Y quién
os mete conmigo a vos?

ESCENA QUINTA

Sale ESTRELLA.

ESTRELLA. Vuestra Alteza, señor, sea
muchas veces bien venido
al dosel que, agradecido,
le recibe y le desea,
adonde, a pesar de engaños,
viva augusto y eminente,
donde su vida se cuente
por siglos, y no por años.

SEGISMUNDO. *(A* CLARÍN.) Dime tú ahora: ¿quién es
esta beldad soberana?
¿Quién es esta diosa humana,
a cuyos divinos pies
postra el cielo su arrebol?
¿Quién es esta mujer bella?

CLARÍN. Es, señor, tu prima Estrella.

SEGISMUNDO. Mejor dijeras el sol.
Aunque el parabién es bien *(A* ESTRELLA.)
darme del bien que conquisto,
de sólo haberos hoy visto
os admito el parabién;
y así, de llegarme a ver
con el bien que no merezco
el parabién agradezco,
Estrella, que amanecer
podéis y dar alegría
al más luciente farol.
¿Qué dejáis que hacer al sol,
si os levantáis con el día?
Dadme a besar vuestra mano,
en cuya copa de nieve
el aura candores bebe.

ESTRELLA. Sed más galán cortesano.

ASTOLFO. *(Aparte.)* ¡Soy perdido!

CRIADO 2.º *(Aparte.)* El pensar sé
de Astolfo, y le estorbaré.
Advierte, señor, que no

es justo atreverse así,
y estando Astolfo...

SEGISMUNDO. ¿No digo
que vos os metáis conmigo?

CRIADO 2.º Digo lo que es justo.

SEGISMUNDO. A mí
todo eso me causa enfado.
Nada me parece justo
en siendo contra mi gusto.

CRIADO 2.º Pues yo, señor, he escuchado
de ti que en lo justo es bien
obedecer y servir.

SEGISMUNDO. También oíste decir
que por un balcón, a quien
me canse, sabré arrojar.

CRIADO 2.º Con los hombres como yo
no puede hacerse eso.

SEGISMUNDO. ¿No?
¡Por Dios que lo he de probar!

(Cógele en los brazos y éntrase, y todos tras él; vuelve a salir inmediatamente.)

ASTOLFO. ¿Qué es esto que llego a ver?

ESTRELLA. Idle todos a estorbar. *(Vase.)*

SEGISMUNDO. *(Volviendo.)* Cayó del balcón al mar:
¡vive Dios que pudo ser!

ASTOLFO. Pues medid con más espacio
vuestras acciones severas,
que lo que hay de hombres a fieras
hay desde un monte a palacio.

SEGISMUNDO. Pues en dando tan severo
en hablar con entereza,
quizá no hallaréis cabeza
en que se os tenga el sombrero.

(Vase ASTOLFO.*)*

ESCENA SEXTA.

Sale BASILIO.

BASILIO. ¿Qué ha sido esto?
SEGISMUNDO. Nada ha sido.
A un hombre, que me ha cansado,
deste balcón he arrojado.
CLARÍN. Que es el rey está advertido.
BASILIO. ¿Tan presto una vida cuesta
tu venida al primer día?
SEGISMUNDO. Díjome que no podía
hacerse, y gané la apuesta.
BASILIO. Pésame mucho que cuando,
príncipe, a verte he venido,
pensando hallarte advertido,
de hados y estrellas triunfando,
con tan rigor te vea,
y que la primera acción
que has hecho en esta ocasión
un grave homicidio sea.
¿Con qué amor llegar podré
a darte ahora mis brazos,
si de sus soberbios lazos
que están enseñados sé
a dar muerte? ¿Quién llegó
a ver desnudo el puñal
que dio una herida mortal,
que no temiese? ¿Quién vio
sangriento el lugar, adonde
a otro hombre le dieron muerte,
que no sienta? Que el más fuerte
a su natural responde.
Yo así, que en tus brazos miro
desta muerte el instrumento,
y miro el lugar sangriento,
de tus brazos me retiro;
y aunque en amorosos lazos
ceñir tu cuello pensé,
sin ellos me volveré,
que tengo miedo a tus brazos.

SEGISMUNDO. Sin ellos me podré estar
como me estado hasta aquí;
que un padre que contra mí
tanto rigor sabe usar,
que su condición ingrata
de su lado me desvía;
como a una fiera me cría,
y como a un monstruo me trata,
y mi muerte solicita,
de poca importancia fue
que los brazos no me dé
cuando el ser de hombre me quita.

BASILIO. Al cielo y a Dios pluguiera
que a dártele no llegara;
pues ni tu voz escuchara
ni tu atrevimiento viera.

SEGISMUNDO. Si no me le hubieras dado,
no me quejara de ti;
pero una vez dado, sí,
por habérmele quitado;
pues aunque el dar la acción es
más noble y más singular,
es mayor bajeza el dar
para quitarlo después.

BASILIO. ¡Bien me agradeces el verte,
de un humilde y pobre preso,
príncipe ya!

SEGISMUNDO. Pues en eso
¿qué tengo que agradecerte?
Tirano de mi albedrío,
si viejo y caduco estás,
¿muriéndote, qué me das?
¿Dasme más de lo que es mío?
Mi padre eres y mi rey;
luego toda esta grandeza
me da la naturaleza
por derecho de su ley.
Luego, aunque esté en tal estado,
obligado no te quedo,
y pedirte cuentas puedo
del tiempo que me has quitado
libertad, vida y honor;

y así agradéceme a mí
que yo no cobre de ti,
pues eres tú mi deudor.

BASILIO. Bárbaro eres y atrevido;
cumplió su palabra el cielo;
y así, para él mismo apelo,
soberbio y desvanecido.
Y aunque sepas ya quién eres,
y desengañado estés,
y aunque en un lugar te ves
donde a todos te prefieres,
mira bien lo que te advierto:
que seas humilde y blando,
porque quizá estás soñando,
aunque ves que estás despierto. *(Vase.)*

SEGISMUNDO. ¿Qué quizá soñando estoy,
aunque despierto me veo?
No sueño, pues toco y creo
lo que he sido y lo que soy.
Y aunque ahora te arrepientas,
poco remedio tendrás;
sé quién soy, y no podrás,
aunque suspires y sientas,
quitarme el haber nacido
desta corona heredero;
y si me viste primero
a las prisiones rendido,
fue porque ignoré quién era;
pero ya informado estoy
de quién soy, y sé que soy
un compuesto de hombre y fiera.

ESCENA SÉPTIMA

Sale ROSAURA *en traje de mujer.*

ROSAURA. Siguiendo a Estrella vengo,
y gran temor de hallar a Astolfo tengo;
que Clotaldo desea
que no sepa quién soy y no me vea.
porque dice que importa al honor mío:
y de Clotaldo fío

su efecto, pues le debo, agradecida,
aquí el amparo de mi honor y vida.

CLARÍN. (*A* SEGIS.) ¿Qué es lo que te ha agradado
más de cuanto aquí has visto y admirado?

SEGISMUNDO. Nada me ha suspendido,
que todo lo tenía prevenido;
mas si admirarme hubiera
algo en el mundo, la hermosura fuera
de la mujer. Leía
una vez yo, en los libros que tenía,
que lo que a Dios mayor estudio debe
era el hombre, por ser un mundo breve;
mas ya que lo es recelo
la mujer, pues ha sido un breve cielo;
y más beldad encierra
que el hombre, cuanto va de cielo a tierra;
y más si es la que miro.

ROSAURA. (*Aparte.* El príncipe está aquí; yo me retiro.)

SEGISMUNDO. Oye, mujer, detente:
no juntes el ocaso y el oriente,
huyendo al primer paso;
que juntos el oriente y el ocaso,
la luz y sombra fría,
será sin duda síncopa del día.
¿Pero qué es lo que veo?

ROSAURA. Lo mismo que estoy viendo dudo y creo.

SEGISMUNDO. (*Aparte.* Yo he visto esta belleza
otra vez.)

ROSAURA. (*Aparte.* Yo esta pompa, esta grandeza
he visto reducida
a una estrecha prisión.)

SEGISMUNDO. (*Aparte.* Ya hallé mi vida.)
Mujer, que aqueste nombre
es el mejor requiebro para el hombre,
¿quién eres? Que sin verte
adoración me debes, y de suerte
por la fe te conquisto,
que me persuado a que otra vez te he visto.
¿Quién eres, mujer bella?

ROSAURA. (Disimular me importa.) Soy de Estrella
una infelice dama.

SEGISMUNDO. No digas tal: di el sol, a cuya llama

aquella estrella vive,
pues de tus rayos resplandor recibe:
yo vi en reino de olores
que presidía entre escuadrón de flores
la deidad de la rosa,
y era su emperatriz por más hermosa;
yo vi entre piedras finas
de la docta academia de sus minas
preferir el diamante
y ser emperador, por más brillante;
yo en esas cortes bellas
de la inquieta república de estrellas,
vi en el lugar primero
por rey de las estrellas al lucero;
yo en esferas perfetas,
llamando el sol a corte los planetas,
le vi que presidía,
como mayor oráculo del día,
¿Pues cómo, si entre flores, entre es-
[trellas,
piedras, signos, planetas, las más bellas
prefieren, tú has servido
la de menos beldad, habiendo sido,
por más bella y hermosa,
sol, lucero, diamante, estrella y rosa?

ESCENA OCTAVA

Sale CLOTALDO, *que se queda al paño*[2].

CLOTALDO. (*Aparte.* A Segismundo reducir deseo,
porque en fin le he criado: ¡mas qué veo!)
ROSAURA. Tu favor reverencio:
respóndete retórico el silencio:
cuando tan torpe la razón se halla,
mejor habla, señor, quien mejor calla.
SEGISMUNDO. No has de ausentarte, espera.
¿Cómo quieres dejar de esa manera
a oscuras mi sentido?

[2] *al paño:* junto a un telón o bastidor, observando o hablando.

ROSAURA. Esta licencia a Vuestra Alteza pido.
SEGISMUNDO. Irte con tal violencia
no es pedirla, es tomarte la licencia.
ROSAURA. Pues si tú no la das, tomarla espero.
SEGISMUNDO. Harás que de cortés pase a grosero,
porque la resistencia
es veneno cruel de mi paciencia.
ROSAURA. Pues cuando ese veneno,
de furia, de rigor y saña lleno,
la paciencia venciera,
mi respeto no osara ni pudiera.
SEGISMUNDO. Sólo por ver si puedo
harás que pierda a tu hermosura el miedo.
que soy muy inclinado
a vencer lo imposible: hoy he arrojado
de ese balcón a un hombre que decía
que hacerse no podía;
y así por ver si puedo cosa es llana
que arrojaré tu honor por la ventana.
CLOTALDO. (*Aparte.* Mucho se va empeñando.
¿Qué he de hacer, cielos, cuando
tras un loco deseo
mi honor segunda vez a riesgo veo?)
ROSAURA. No en vano prevenía
a este reino infeliz tu tiranía
escándalos tan fuertes
de delitos, traiciones, iras, muertes.
¿Más qué ha de hacer un hombre
que no tiene de humano más que el [nombre,
atrevido, inhumano,
cruel, soberbio, bárbaro y tirano,
nacido entre las fieras?
SEGISMUNDO. Por que tú ese baldón no me dijeras
tan cortés me mostraba,
pensando que con eso te obligaba;
mas si lo soy hablando deste modo,
has de decirlo, vive Dios, por todo.–
Hola, dejadnos solos, y esa puerta
se cierre, y no entre nadie.

(*Vanse* CLARÍN *y los criados.*)

ROSAURA. (Yo soy muerta.)
Advierte...
SEGISMUNDO. Soy tirano
y ya pretendes reducirme en vano.
CLOTALDO. (*Aparte.* ¡Oh qué lance tan fuerte!
Saldré a estorbarlo aunque me dé la
[muerte).
Señor, atiende, mira. (*Llega.*)
SEGISMUNDO. Segunda vez me has provocado a ira,
viejo caduco y loco.
¿Mi enojo y mi rigor tienes en poco?
¿Cómo hasta aquí has llegado?
CLOTALDO. De los acentos desta voz llamado
a decirte que seas
más apacible, si reinar deseas;
y no, por verte ya de todos dueño,
seas cruel, porque quizá es un sueño.
SEGISMUNDO. A rabia me provocas,
cuando la luz del desengaño tocas.
Veré, dándote muerte,
si es sueño o si es verdad.

(*Al ir a sacar la daga, se la detiene* CLOTALDO *y se pone de rodillas.*)

CLOTALDO. Yo desta suerte
librar mi vida espero.
SEGISMUNDO. Quita la osada mano del acero.
CLOTALDO. Hasta que gente venga,
que tu rigor y cólera detenga,
no he de soltarte.
ROSAURA. ¡Ay cielo!
SEGISMUNDO. Suelta, digo,
caduco, loco, bárbaro, enemigo,
o será desta suerte (*Luchan.*)
dándote ahora entre mis brazos muerte.
ROSAURA. Acudid todos presto,
que matan a Clotaldo (*Vase.*)

ESCENA NOVENA

(Sale ASTOLFO *a tiempo que cae* CLOTALDO *a sus pies, y él se pone en medio.)*

ASTOLFO. ¿Pues qué es esto,
príncipe generoso?
¿Así se mancha acero tan brioso
en una sangre helada?
Vuelva a la vaina tan lucida espada.

SEGISMUNDO. En viéndola teñida
en esa infame sangre.

ASTOLFO. Ya su vida
tomó a mis pies sagrado
y de algo ha de servirle haber llegado.

SEGISMUNDO. Sírvate de morir, pues desta suerte
también sabré vengarme con tu muerte
de aquel pasado enojo.

ASTOLFO. Yo defiendo
mi vida; así la majestad no ofendo.

(Saca ASTOLFO *la espada, y riñen.)*

CLOTALDO. No le ofendas, señor.

(Salen BASILIO, ESTRELLA *y acompañamiento.)*

BASILIO. ¿Pues aquí espadas?

ESTRELLA. *(Aparte.* ¡Astolfo es, ay de mí, penas airadas!)

BASILIO ¿Pues qué es lo que ha pasado?

ASTOLFO. Nada, señor, habiendo tú llegado.

(Envainan.)

SEGISMUNDO. Mucho, señor, aunque hayas tú venido:
yo a ese viejo matar he pretendido.

BASILIO. ¿Respeto no tenías
a estas canas?

CLOTALDO. Señor, ved que son mías;
que no importa veréis.

SEGISMUNDO. Acciones vanas,
querer que tenga yo respeto a canas;

pues aun ésas podría *(Al rey.)*
ser que viese a mis plantas algún día.
Porque aún no estoy vengado
del modo injusto con que me has criado.
(Vase.)

BASILIO. Pues antes que lo veas,
volverás a dormir adonde creas
que cuanto te ha pasado,
como fue bien del mundo, fue soñado.

(Vanse el REY, CLOTALDO *y el acompañamiento.)*

ESCENA UNDÉCIMA

ASTOLFO. ¡Qué pocas veces el hado
que dice desdichas miente,
pues es tan cierto en los males
cuanto dudoso en los bienes!
¡Qué buen astrólogo fuera,
si siempre casos crueles
anunciara; pues no hay duda
que ellos fueran verdad siempre!
Conocerse esta experiencia
en mí y Segismundo puede,
Estrella, pues en los dos
hace muestras diferentes.
En él previno rigores,
soberbias, desdichas, muertes,
y en todo dijo verdad,
porque todo, al fin, sucede;
pero en mí, que al ver, señora,
esos rayos excelentes,
de quien el sol fue una sombra
y el cielo un amago breve,
que me previno venturas,
trofeos, aplausos, bienes,
dijo mal y dijo bien;
pues sólo es justo que acierte
cuando amaga con favores
y ejecuta con desdenes.

ESTRELLA. No dudo que esas finezas
son verdades evidentes;
mas serán por otra dama,
cuyo retrato pendiente
al cuello trajisteis cuando
llegasteis, Astolfo, a verme;
y siendo así, esos requiebros
ella sola los merece.
Acudid a que ella os pague,
que no son buenos papeles
en el consejo de amor
las finezas ni las fees
que se hicieron en servicio
de otras damas y otros reyes.

ESCENA DUODÉCIMA

Sale ROSAURA, *que se queda al paño.*

ROSAURA. *(Aparte.* ¡Gracias a Dios que llegaron
ya mis desdichas crueles
al término suyo, pues
quien esto ve nada teme!)

ASTOLFO. *(Aparte.* Yo haré que el retrato salga
del pecho, para que entre
la imagen de tu hermosura.
Donde entra Estrella no tiene
lugar la sombra, ni estrella
donde el sol; voy a traerle.–
(Perdona, Rosaura hermosa,
este agravio, porque ausentes
no se guardan más fe que ésta
los hombres y las mujeres). *(Vase.)*

(Adelántanse ROSAURA.)

ROSAURA. *(Aparte.* Nada he podido escuchar,
temerosa que me viese.)

ESTRELLA. ¡Astrea!

ROSAURA. Señora mía.

ESTRELLA. Heme holgado que tú fueses
la que llegaste hasta aquí;

porque de ti solamente
fiara un secreto.

ROSAURA. Honras,
señora, a quien te obedece.

ESTRELLA. En el poco tiempo, Astrea,
que ha te conozco, tienes
de mi voluntad las llaves;
por esto, y por ser quien eres,
me atrevo a fiar de ti
lo que aun de mí muchas veces
recaté.

ROSAURA. Tu esclava soy.

ESTRELLA. Pues, para decirlo en breve,
mi primo Astolfo (bastara
que mi primo te dijese,
porque hay cosas que se dicen
con pensarlas solamente)
ha de casarse conmigo,
si es que la fortuna quiere
que con una dicha sola
tantas desdichas descuente.
Pesóme que el primer día
echado al cuello trajese
el retrato de una dama;
habléle en él cortésmente,
es galán, y quiere bien;
fue por él, y ha de traerle
aquí; embarázame mucho
que él a mí a dármele llegue.
Quédate aquí, y cuando venga,
le dirás que te le entregue
a ti. No te digo más;
discreta y hermosa eres:
bien sabrás lo que es amor. *(Vase.)*

ESCENA DECIMOTERCERA

ROSAURA. ¡Ojalá no lo supiese!
¡Válgame el cielo! ¿quién fuera
tan atenta y tan prudente,
que supiera aconsejarse

hoy en ocasión tan fuerte?
¿Habrá persona en el mundo
a quien el cielo inclemente
con más desdichas combata
y con más pesares cerque?
¿Qué haré en tantas confusiones,
donde imposible parece
que halle razón que me alivie
ni alivio que me consuele?
Desde la primer desdicha
no hay suceso ni accidente
que otra desdicha no sea;
que unas a otras suceden,
herederas de sí mismas.
A la imitación del Fénix,
unas de las otras nacen,
viviendo de lo que mueren,
y siempre de sus cenizas
está el sepulcro caliente.
Que eran cobardes, decía
un sabio, por parecerle
que nunca anadaba una sola;
yo digo que son valientes,
pues siempre van adelante,
y nunca la espalda vuelven.
Quien las llevare consigo,
a todo podrá atreverse,
pues en ninguna ocasión
no haya miedo que le dejen.
Dígalo yo, pues en tantas
como a mi vida suceden,
nunca me he hallado sin ellas,
ni se han cansado hasta verme
herida de la fortuna
en los brazos de la muerte.
¡Ay de mí! ¿qué debo hacer
hoy, en la ocasión presente?
Si digo quién soy, Clotaldo,
a quien mi vida le debe
este amparo y este honor,
conmigo ofenderse puede;
pues me dice que callando

honor y remedio espere.
Si no he de decir quién soy
a Astolfo, y él llega a verme,
¿cómo he de disimular?
Pues aunque fingirlo intenten
la voz, la lengua y los ojos,
les dirá el alma que mienten.
¿Qué haré? ¿Mas para qué estudio
lo que haré, si es evidente
que, por más que lo prevenga,
que lo estudie y que lo piense,
en llegando la ocasión
he de hacer lo que quisiere
el dolor? Porque ninguno
imperio en sus penas tiene.
Y pues a determinar
lo que ha de hacer no se atreve
el alma, llegue el dolor
hoy a su término, llegue
la pena a su extremo, y salga
de dudas y pareceres
de una vez; pero hasta entonces,
valedme, cielos, valedme.

ESCENA DECIMOCUARTA

Sale ASTOLFO, *que trae el retrato.*

ASTOLFO. Éste es, señora, el retrato;
mas ¡ay Dios!
ROSAURA. ¿Qué se suspende
Vuestra Alteza? ¿qué se admira?
ASTOLFO. De oírte, Rosaura, y verte.
ROSAURA. ¿Yo Rosaura? Hase engañado
Vuestra Alteza, si me tiene
por otra dama; que yo
soy Astrea, y no merece
mi humildad tan grande dicha
que esa turbación le cueste.
ASTOLFO. Basta, Rosaura, el engaño,
porque el alma nunca miente,

y aunque como a Astrea te mire
como a Rosaura te quiere.

ROSAURA. No he entendido a Vuestra Alteza,
y así no sé responderle:
sólo lo que yo diré
es que Estrella (que lo puede
ser de Venus) me mandó
que en esta parte le espere
y de la suya le diga
que aquel retrato me entregue,
que está muy puesto en razón,
y yo misma se lo lleve.
Estrella lo quiere así,
porque aun las cosas más leves,
como sean en mi daño,
es Estrella quien las quiere.

ASTOLFO. Aunque más esfuerzos hagas
¡oh qué mal, Rosaura, puedes
disimular! Di a los ojos
que su música concierten
con la voz; porque es forzoso
que desdiga y que disuene
tan destemplado instrumento,
que ajustar y medir quiere
la falsedad de quien dice
con la verdad de quien siente.

ROSAURA. Ya digo que sólo espero
el retrato.

ASTOLFO. Pues que quieres
llevar al fin el engaño,
con él quiero responderte.
Dirásle, Astrea, a la infanta
que yo la estimo de suerte
que, pidiéndome un retrato,
poca fineza parece
enviársele, y así,
porque le estime y le precie,
le envío el original;
y tú llevársele puedes,
pues ya le llevas contigo
como a ti misma te lleves.

ROSAURA. Cuando un hombre se dispone,

restado, altivo y valiente,
a salir con una empresa,
aunque por trato le entreguen
lo que valga más, sin ella
necio y desairado vuelve.
Yo vengo por un retrato,
y aunque un original lleve
que vale más, volveré
desairada: y así déme
Vuestra Alteza ese retrato,
que sin él no he de volverme.

ASTOLFO. ¿Pues cómo, si no he de darle,
le has de llevar?

ROSAURA. Desta suerte.
Suéltale, ingrato. *(Trata de quitársele.)*

ASTOLFO. Es en vano.

ROSAURA. ¡Vive Dios que no ha de verse
en manos de otra mujer!

ASTOLFO. Terrible estás.

ROSAURA. Y tú aleve.

ASTOLFO. Ya basta, Rosaura mía.

ROSAURA. ¿Yo tuya? Villano, mientes.

(Están asidos ambos del retrato.)

ESCENA DECIMOQUINTA

Sale ESTRELLA.

ESTRELLA. Astrea, Astolfo, ¿qué es esto?

ASTOLFO. *(Aparte.* Aquesta es Estrella.)

ROSAURA. *(Aparte.* (Déme
para cobrar mi retrato
ingenio el amor.) Si quieres *(A* ESTRELLA.)
saber lo que es, yo, señora,
te lo diré.

ASTOLFO. *(Ap. a* ROSAURA.) ¿Qué pretendes?

ROSAURA. Mandásteme que esperase
aquí a Astolfo y le pidiese
un retrato de tu parte.
Quedé sola, y como vienen

de unos discursos a otros
las noticias fácilmente,
viéndote hablar de retratos,
con su memoria acordéme
de que tenía uno mío
en la manga. Quise verle,
porque una persona sola
con locuras se divierte;
cayóseme de la mano
al suelo; Astolfo, que viene
a entregarte el de otra dama,
le levantó, y tan rebelde
está en dar el que le pides,
que, en vez de dar uno, quiere
llevar otro; pues el mío
aun no es posible volverme
con ruegos y persuasiones,
colérica e impaciente,
yo se le quise quitar.
Aquel que en la mano tiene
es mío; tú lo verás
con ver si se me parece.

ESTRELLA. Soltad, Astolfo, el retrato.

(Quítasele de la mano.)

ASTOLFO. Señora...

ESTRELLA. No son crueles
a la verdad los matices.

ROSAURA. ¿No es mío?

ESTRELLA ¿Qué duda tiene?

ROSAURA. Ahora di que te dé el otro.

ESTRELLA. Toma tu retrato y vete.

ROSAURA. (*Aparte.* Yo he cobrado mi retrato,
venga ahora lo que viniere.) *(Vase.)*

ESCENA DÉCIMOSEXTA

ESTRELLA. Dadme ahora el retrato vos
que os pedí; que aunque no piense
veros ni hablaros jamás,
no quiero, no, que se quede
en vuestro poder, siquiera

porque yo tan neciamente
le he pedido.

ASTOLFO. (*Aparte*. ¿Cómo puedo
salir de lance tan fuerte?)
Aunque quiera, hermosa Estrella,
servirte y obedecerte,
no podré darte el retrato
que me pides, porque...

ESTRELLA. Eres
villano y grosero amante.
No quiero que me le entregues;
porque yo tampoco quiero,
con tomarle, que me acuerdes
que te le he pedido yo. (*Vase.*)

ASTOLFO. Oye, escucha, mira, advierte.–
¡Válgate Dios por Rosaura!
¿Dónde, cómo, o de qué suerte
hoy a Polonia has venido
a perderme y a perderte? (*Vase.*)

[Prisión del príncipe en la torre.]

ESCENA DECIMOSÉPTIMA

(SEGISMUNDO, *como al principio, con pieles y cadena, echado en el suelo;* CLOTALDO, *dos criados y* CLARÍN.)

CLOTALDO. Aquí le habéis de dejar,
pues hoy su soberbia acaba
donde empezó.

UN CRIADO. Como estaba
la cadena vuelvo a atar.

CLARÍN. No acabes de dispertar,
Segismundo, para verte
perder, trocada la suerte,
siendo tu gloria fingida,
una sombra de la vida
y una llama de la muerte.

CLOTALDO. A quien sabe discurrir,
así es bien que se prevenga

una estancia, donde tenga
harto lugar de argüir.—
Este es al que habéis de asir *(A los criados.)*
y en este cuarto encerrar.

(Señalando la pieza inmediata.)

CLARÍN. ¿Por qué a mí?
CLOTALDO. Porque ha de estar
guardado en prisión tan grave
Clarín que secretos sabe,
donde no pueda sonar.
CLARÍN. ¿Yo, por dicha, solicito
dar muerte a mi padre? No.
¿Arrojé del balcón yo
al Ícaro de poquito?
¿Yo sueño o duermo? ¿A qué fin
me encierran?
CLOTALDO. Eres Clarín.
CLARÍN. Pues ya digo que seré
corneta, y que callaré,
que es instrumento ruin.

(Llévanle y queda solo CLOTALDO.*)*

ESCENA DECIMOCTAVA

Sale BASILIO, *rebozado.*

BASILIO. Clotaldo.
CLOTALDO. ¡Señor! ¿Así
viene Vuestra Majestad?
BASILIO. La necia curiosidad
de ver lo que pasa aquí
a Segismundo ¡ay de mí!
deste modo me ha traído.
CLOTALDO. Mírale allí reducido
a su miserable estado.
BASILIO. ¡Ay, príncipe desdichado
y en triste punto nacido!
Llega a despertarle, ya

que fuerza y vigor perdió
con el opio que bebió.

CLOTALDO. Inquieto, señor, está.
y hablando

BASILIO. ¿Qué soñará
ahora? Escuchemos, pues.

SEGISMUNDO. *(Entre sueños.)* Piadoso príncipe es
el que castiga tiranos:
Clotaldo muera a mis manos,
mi padre bese mis pies.

CLOTALDO. Con la muerte me amenaza.

BASILIO. A mí con rigor y afrenta.

CLOTALDO. Quitarme la vida intenta.

BASILIO. Rendirme a sus plantas traza.

SEGISMUNDO. *(Entre sueños.)* Salga a la anchurosa plaza
del gran teatro del mundo
este valor sin segundo:
por que mi venganza cuadre,
vea triunfar de su padre
al príncipe Segismundo. *(Despierta.)*
Mas ¡ay de mí! ¿dónde estoy?

BASILIO. Pues a mí no me ha de ver. *(A CLOTALDO.)*
Ya sabes lo que has de hacer.
Desde allí a escucharle voy. *(Retírase.)*

SEGISMUNDO. ¿Soy yo por ventura? ¿Soy
el que, preso y aherrojado,
llego a verme en tal estado?
¿No sois mi sepulcro vos,
torre? Sí. ¡Válgame Dios,
qué de cosas he soñado!

CLOTALDO. *(Aparte.* A mí me toca llegar
a hacer la deshecha ahora.)
¿Es ya de dispertar hora?

SEGISMUNDO. Sí, hora es ya de dispertar.

CLOTALDO. ¿Todo el día te has de estar
durmiendo? ¿Desde que yo
al águila que voló
con tardo vuelo, seguí,
y te quedaste tú aquí,
nunca has dispertado?

SEGISMUNDO. No.
ni aun ahora he dispertado;

que según, Clotaldo, entiendo,
todavía estoy durmiendo,
y no estoy muy engañado;
porque si ha sido soñado
lo que vi palpable y cierto,
lo que veo será incierto;
y no es mucho que rendido,
pues veo estando dormido,
que sueñe estando dispierto.

CLOTALDO. Lo que soñaste me di.

SEGISMUNDO. Supuesto que sueño fue,
no diré lo que soñé,
lo que vi, Clotaldo, sí.
Yo desperté, yo me vi
¡qué crueldad tan lisonjera!
en un lecho que pudiera,
con matices y colores,
ser el catre de las flores
que tejió la primavera.
Aquí mil nobles rendidos
a mis pies nombre me dieron
de su príncipe, y sirvieron
galas, joyas y vestidos.
La calma de mis sentidos
tú trocaste en alegría,
diciendo la dicha mía,
que, aunque estoy desta manera,
príncipe en Polonia era.

CLOTALDO. Buenas albricias tendría.

SEGISMUNDO. No muy buenas; por traidor,
con pecho atrevido y fuerte
dos veces te daba muerte.

CLOTALDO. ¿Para mí tanto rigor?

SEGISMUNDO. De todos era señor,
y de todos me vengaba;
sólo a una mujer amaba...
Que fue verdad creo yo
en que todo se acabó
y esto sólo no se acaba. *(Vase el rey.)*

CLOTALDO. *(Aparte.* Enternecido se ha ido
el rey de haberle escuchado.)
Como habíamos hablado

de aquella águila, dormido,
tu sueño imperios han sido;
mas en sueños fuera bien
honrar entonces a quien
te crió en tantos empeños,
Segismundo, que aun en sueños
no se pierde el hacer bien. *(Vase.)*

ESCENA DECIMONOVENA

SEGISMUNDO. Es verdad, pues reprimamos
esta fiera condición,
esta furia, esta ambición,
por si alguna vez soñamos;
y sí haremos, pues estamos
en mundo tan singular,
que el vivir sólo es soñar;
y la experiencia me enseña
que el hombre que vive sueña
lo que es hasta dispertar.
Sueña el rey que es rey, y vive
con este engaño mandando,
disponiendo y gobernando;
y este aplauso, que recibe
prestado, en el viento escribe;
y en cenizas le convierte
la muerte (¡desdicha fuerte!):
¿qué hay quien intente reinar
viendo que ha de dispertar
en el sueño de la muerte?
Sueña el rico en su riqueza,
que más cuidados le ofrece;
sueña el pobre que padece
su miseria y su pobreza;
sueña el que a medrar empieza,
sueña el que afana y pertende,
sueña el que agravia y ofende,
y en el mundo, en conclusión,
todos sueñan lo que son,
aunque ninguno lo entiende.
Yo sueño que estoy aquí

destas prisiones cargado,
y soñé que en otro estado
más lisonjero me vi.
¿Qué es la vida? Un frenesí.
¿Qué es la vida? Una ilusión,
una sombra, una ficción,
y el mayor bien es pequeño;
que toda la vida es sueño,
y los sueños, sueños son.

JORNADA TERCERA

[La torre de Segismundo.]

ESCENA PRIMERA

CLARÍN. En una encantada torre,
por lo que sé, vivo preso:
¿qué me harán por lo que ignoro
si por lo que sé me han muerto?
¡Que un hombre con tanta hambre
viniese a morir viviendo!
Lástima tengo de mí;
todos dirán: «bien lo creo»;
y bien se puede creer,
pues para mí este silencio
no conforma con el nombre
Clarín, y callar no puedo.
Quien me hace compañía
aquí, si a decirlo acierto,
son arañas y ratones.
¡Miren qué dulces jilgueros!
De los sueños desta noche
la triste cabeza tengo
llena de mil chirimías,
de trompetas y embelecos,
de procesiones, de cruces,
de disciplinantes; y éstos
unos suben, otros bajan;
unos se desmayan viendo
la sangre que llevan otros;
mas yo, la verdad diciendo,
de no comer me desmayo;

que en una prisión me veo,
donde ya todos los días
en el filósofo leo
Nicomedes, y las noches
en el Concilio Niceno.
Si llaman santo al callar,
como en calendario nuevo
san secreto es para mí,
pues le ayuno y no le huelgo;
aunque está bien merecido
el castigo que padezco,
pues callé, siendo criado,
que es el mayor sacrilegio.

ESCENA SEGUNDA

(Ruido de cajas y clarines y voces dentro.)

SOLDADO 1.º *(Dentro.)* Esta es la torre en que está.
Echad la puerta en el suelo:
entrad todos.

CLARÍN. ¡Vive Dios!
que a mí me buscan, es cierto,
pues que dicen que aquí estoy.
¿Qué me querrán?

SOLDADO 1.º *(Dentro.)* Entrad dentro.

(Salen varios soldados.)

SOLDADO 2.º Aquí está.

CLARÍN. No está.

LOS SOLDADOS. Señor...

CLARÍN. ¿Si vienen borrachos éstos?

SOLDADO 1.º Tú nuestro príncipe eres;
ni admitimos ni queremos
sino al señor natural
y no a príncipe extranjero.
A todos nos dá los pies.

SOLDADOS. ¡Viva el gran príncipe nuestro!

CLARÍN. *(Aparte.* Vive Dios, que va de veras.
¿Si es costumbre en este reino

prender uno cada día
y hacerle príncipe y luego
volverle a la torre? Sí,
pues cada día lo veo:
fuerza es hacer mi papel.)

SOLDADOS. Dános tus plantas.

CLARÍN. No puedo.
porque las he menester
para mí, y fuera defecto
ser príncipe desplantado.

SOLDADO 2.º Todos a tu padre mesmo
le dijimos que a ti solo
por príncipe conocemos,
no al de Moscovia.

CLARÍN. ¿A mi padre
le perdisteis el respeto?
Sois unos tales por cuales.

SOLDADO 1.º Fue lealtad de nuestro pecho.

CLARÍN. Si fue lealtad, yo os perdono.

SOLDADO 2.º Sal a restaurar tu imperio.
¡Viva Segismundo!

TODOS. ¡Viva!

CLARÍN. (*Aparte.* ¿Segismundo dicen? Bueno:
Segismundos llaman todos
los príncipes contrahechos.)

ESCENA TERCERA

Sale SEGISMUNDO.

SEGISMUNDO. ¿Quién nombra aquí a Segismundo?

CLARÍN. (*Aparte.* ¿Más que soy príncipe huero?)

SOLDADO 1.º ¿Quién es Segismundo?

SEGISMUNDO. Yo.

SOLDADO 2.º (*A* CLARÍN.) ¿Pues cómo, atrevido y necio,
tú te hacías Segismundo?

CLARÍN. ¿Yo Segismundo? Eso niego.
Vosotros fuisteis los que
me segismundeasteis: luego
vuestra ha sido solamente
necedad y atrevimiento.

SOLDADO 1.º Gran príncipe Segismundo
(que las señas que traemos
tuyas son, aunque por fe
te aclamamos señor nuestro),
tu padre el gran rey Basilio,
temeroso que los cielos
cumplan un hado, que dice
que ha de verse a tus pies puesto,
vencido por ti, pretende
quitarte acción y derecho
y dársele a Astolfo, duque
de Moscovia. Para esto
juntó su corte, y el vulgo,
penetrando ya y sabiendo
que tiene rey natural,
no quiere que un extranjero
venga a mandarle. Y así
haciendo noble desprecio
de la inclemencia del hado,
te ha buscado donde preso
vives, para que, asistido
de sus armas y saliendo
desta torre a restaurar
tu imperial corona y cetro,
se la quites a un tirano.
Sal, pues; que en este desierto,
ejército numeroso
de bandidos y plebeyos
te aclaman: la libertad
te espera; oye sus acentos.

Voces dentro. ¡Viva Segismundo, viva!

SEGISMUNDO. ¿Otra vez (¡qué es esto, cielos!)
queréis que sueñe grandezas
que ha de deshacer el tiempo?
¿Otra vez queréis que vea
entre sombras y bosquejos
la majestad y la pompa
desvanecida del viento?
¿Otra vez queréis que toque
el desengaño o el riesgo
a que el humano poder
nace humilde y vive atento?

Pues no ha de ser, no ha de ser
mirarme otra vez sujeto
a mi fortuna; y pues sé
que toda esta vida es sueño,
idos, sombras, que fingís
hoy a mis sentidos muertos
cuerpo y voz, siendo verdad
que ni tenéis voz ni cuerpo;
que no quiero majestades
fingidas, pompas no quiero
fantásticas, ilusiones
que al soplo menos ligero
del aura han de deshacerse.
bien como el florido almendro,
que por madrugar sus flores
sin aviso y sin consejo,
al primer soplo se apagan,
marchitando y desluciendo
de sus rosados capullos
belleza, luz y ornamento.
Ya os conozco, ya os conozco,
y sé que os pasa lo mesmo
con cualquiera que se duerme;
para mí no hay fingimientos:
que, desengañado ya,
sé bien que la vida es sueño.

SOLDADO 2.º Si piensas que te engañamos,
vuelve a esos montes soberbios
los ojos, para que veas
la gente que aguarda en ellos
para obedecerte.

SEGISMUNDO. Ya
otra vez vi aquesto mesmo
tan clara y distintamente
como ahora lo estoy viendo,
y fue sueño.

SOLDADO 2.º Cosas grandes
siempre, gran señor, trajeron
anuncios; y esto sería,
si lo soñaste primero.

SEGISMUNDO. Dices bien, anuncio fue,
y caso que fuese cierto,

pues que la vida es tan corta,
soñemos, alma, soñemos
otra vez; pero ha de ser
con atención y consejo
de que hemos de despertar
deste gusto al mejor tiempo;
que llevándolo sabido,
será el desengaño menos;
que es hacer burla del daño
adelantarle el consejo.
Y con esta prevención
de que, cuando fuese cierto,
es todo el poder prestado
y ha de volverse a su dueño,
atrevámonos a todo.—
Vasallos, yo os agradezco
la lealtad; en mí lleváis
quien os libre, osado y diestro,
de extranjera esclavitud.
Tocad el arma, que presto
veréis mi inmenso valor.
Contra mi padre pretendo
tomar armas, y sacar
verdaderos a los cielos.
Puesto he de verle a mis plantas...
(Mas si antes desto despierto
¿no será bien no decirlo,
supuesto que no he de hacerlo?)

TODOS. ¡Viva Segismundo, viva!

ESCENA CUARTA

Sale CLOTALDO.

CLOTALDO. ¿Qué alboroto es éste, cielos?

SEGISMUNDO. Clotaldo.

CLOTALDO. Señor... (*Aparte.* En mí
su rigor prueba.)

CLARÍN. (*Aparte.* Yo apuesto
que le despeña del monte.) (*Vase.*)

CLOTALDO. A tus reales plantas llego,
ya sé que a morir.

SEGISMUNDO. Levanta.
levanta, padre, del suelo;
que tú has de ser norte y guía
de quien fíe mis aciertos;
que ya sé que mi crianza
a tu mucha lealtad debo.
Dáme los brazos.

CLOTALDO. ¿Qué dices?

SEGISMUNDO. Que estoy soñando y que quiero
obrar bien, pues no se pierde
el hacer bien, aun en sueños.

CLOTALDO. Pues, señor, si el obrar bien
es ya tu blasón, es cierto
que no te ofenda el que yo
hoy solicite lo mesmo.
¡A tu padre has de hacer guerra!
Yo aconsejarte no puedo
contra mi rey, ni valerte.
A tus plantas estoy puesto;
dáme la muerte.

SEGISMUNDO. ¡Villano,
traidor, ingrato! *(Ap.* Mas ¡cielos!
el reportarme conviene,
que aún no sé si estoy despierto.)
Clotaldo, vuestro valor
os envidio y agradezco.
Idos a servir al rey,
que en el campo nos veremos.–
Vosotros, tocad al arma.

CLOTALDO. Mil veces tus plantas beso. *(Vase.)*

SEGISMUNDO. A reinar, fortuna, vamos;
no me despiertes, si duermo,
y si es verdad, no me aduermas;
mas sea verdad o sueño,
obrar bien es lo que importa;
si fuera verdad, por serlo;
si no, por ganar amigos
para cuando despertemos.

(Vanse tocando cajas.)

[Salón del palacio real.]

ESCENA QUINTA

Salen BASILIO *y* ASTOLFO.

BASILIO. ¿Quién, Astolfo, podrá parar, prudente,
la furia de un caballo desbocado?
¿Quién detener de un río la corriente
que corre al mar, soberbio y despeñado?
¿Quién un peñasco suspender, valiente,
de la cima de un monte desgajado?
Pues todo fácil de parar se mira,
más que de un vulgo la soberbia ira.
Dígalo en bandos el rumor partido,
pues se oye resonar en lo profundo
de los montes el eco repetido:
unos ¡Astolfo! y otros ¡Segismundo!
El dosel de la jura, reducido
a segunda intención, a horror segundo,
teatro funesto es, donde importuna
representa tragedias la fortuna.

ASTOLFO. Señor, suspéndase hoy tanta alegría;
cese el aplauso y gusto lisonjero
que tu mano feliz me prometía,
que si Polonia (a quien mandar espero)
hoy se resiste a la obediencia mía,
es por que la merezca yo primero.
Dadme un caballo, y de arrogancia lleno,
rayo descienda el que blasona trueno.
(Vase.)

BASILIO. Poco reparo tiene lo infalible,
y mucho riesgo lo previsto tiene:
si ha de ser, la defensa es imposible,
que quien la excusa más, más la previene.
¡Dura ley! ¡fuerte caso! ¡horror terrible!
Quien piensa huir el riesgo, al riesgo viene;
con lo que yo guardaba me he perdido;
yo mismo, yo mi patria he destruido.

ESCENA SEXTA

Sale ESTRELLA.

ESTRELLA. Si tu presencia, gran señor, no trata
de enfrenar el tumulto sucedido,
que de uno en otro bando se dilata
por las calles y plazas dividido,
verás tu reino en ondas de escarlata
nadar, entre la púrpura teñido
de su sangre, que ya con triste modo
todo es desdichas y tragedias todo.
Tanta es la ruina de tu imperio, tanta
la fuerza del rigor duro, sangriento,
que visto admira y escuchado espanta.
El sol se turba y se embaraza el viento,
cada piedra un pirámide levanta
y cada flor construye un monumento,
cada edificio es un sepulcro altivo,
cada soldado un esqueleto vivo.

ESCENA SÉPTIMA

Sale CLOTALDO.

CLOTALDO. ¡Gracias a Dios que vivo a tus pies llego!
BASILIO. Clotaldo, ¿pues qué hay de Segismundo?
CLOTALDO. Que el vulgo, monstruo despeñado y ciego,
la torre penetró, y de lo profundo
della sacó su príncipe, que luego
que vio segunda vez su honor segundo,
valiente se mostró, diciendo, fiero,
que ha de sacar al cielo verdadero.
BASILIO. Dadme un caballo porque yo en persona
vencer, valiente, un hijo ingrato quiero;
y en la defensa ya de mi corona,
lo que la ciencia erró venza el acero. *(Vase.)*
ESTRELLA. Pues yo al lado del Sol seré Belona.
Poner mi nombre junto al suyo espero;
que he de volar sobre tendidas alas
a competir con la deidad de Palas.

(Vase, y tocan al arma.)

ESCENA OCTAVA

Sale ROSAURA, *que detiene a* CLOTALDO.

ROSAURA. Aunque el valor que se encierra
en tu pecho, desde allí
da voces, óyeme a mí,
que yo sé que todo es guerra.
Bien sabes que yo llegué
pobre, humilde y desdichada
a Polonia, y amparada
de tu valor, en ti hallé
piedad; mandásteme ¡ay cielos!
que disfrazada viviese
en palacio, y pretendiese,
disimulando mis celos,
guardarme de Astolfo. En fin,
él me vio, y tanto atropella
mi honor, que, viéndome, a Estrella
de noche habla en un jardín.
Déste la llave he tomado
y te podré dar lugar
de que en él puedas entrar
a dar fin a mi cuidado.
Así altivo, osado y fuerte,
volver por mi honor podrás,
pues que ya resuelto estás
a vengarme con su muerte.

CLOTALDO. Verdad es que me incliné,
desde el punto en que te vi,
a hacer, Rosaura, por ti
(testigo tu llanto fue)
cuanto mi vida pudiese.
Lo primero que intenté,
quitarte aquel traje fue;
porque, si acaso, te viese
Astolfo en tu propio traje,
sin juzgar a liviandad
la loca temeridad
que hace del honor ultraje.

En este tiempo trazaba
cómo cobrar se pudiese
tu honor perdido, aunque fuese
(tanto tu honor me arrastraba)
dando muerte a Astolfo. ¡Mira
qué caduco desvarío!
Si bien, no siendo rey mío,
ni me asombra ni me admira,
darle pensé muerte, cuando
Segismundo pretendió
dármela a mí, y él llegó,
su peligro atropellando,
a hacer en defensa mía
muestras de su voluntad,
que fueron temeridad,
pasando de valentía.
Pues ¿cómo yo ahora (advierte)
teniendo alma agradecida,
a quien me ha dado la vida
le tengo de dar la muerte?
Y así, entre los dos partido
el afecto y el cuidado,
viendo que a ti te la he dado,
y que dél la he recibido,
no sé a qué parte acudir,
no sé a qué parte ayudar.
Si a ti me obligué con dar,
dél lo estoy con recibir,
y así, en la acción que se ofrece,
nada a mi amor satisface,
porque soy persona que hace
y persona que padece.

ROSAURA. No tengo que prevenir
que en un varón singular
cuanto es noble acción el dar
es bajeza el recibir.
Y, este principio asentado,
no has de estarle agradecido,
supuesto que si él ha sido
el que la vida te ha dado
y tú a mí, evidente cosa
es que él forzó tu nobleza

a que hiciese una bajeza
y yo una acción generosa.
Luego estás dél ofendido,
luego estás de mí obligado,
supuesto que a mí me has dado
lo que dél has recibido:
y así debes acudir
a mi honor en riesgo tanto
pues yo le prefiero, cuanto
va de dar a recibir.

CLOTALDO. Aunque la nobleza vive
de la parte del que da,
el agradecerla está
de parte del que recibe;
y pues ya dar he sabido,
ya tengo con nombre honroso
el nombre de generoso:
déjame el de agradecido;
pues le puedo conseguir
siendo agradecido cuanto
liberal, pues honra tanto
el dar como el recibir.

ROSAURA. De ti recibí la vida,
y tú mismo me dijiste,
cuando la vida me diste,
que la que estaba ofendida
no era vida: luego yo
nada de ti he recibido;
pues vida no vida ha sido
la que tu mano me dio.
Y si debes ser primero
liberal que agradecido
(como de ti mismo he oído),
que me des la vida espero,
que no me la has dado; y pues
el dar engrandece más,
si antes liberal, serás
agradecido después.

CLOTALDO. Vencido de tu argumento,
antes liberal seré.
Yo, Rosaura, te daré
mi hacienda, y en un convento

vive; que está bien pensado
el medio que solicito;
pues huyendo de un delito
te recoges a un sagrado;
que cuando desdichas siente
el reino, tan dividido,
habiendo noble nacido,
no he de ser quien las aumente.
Con el remedio elegido
soy con el reino leal,
soy contigo liberal,
con Astolfo agradecido;
y así escoge el que te cuadre,
quedándose entre los dos,
que no hiciera ¡vive Dios!
más, cuando fuera tu padre.

ROSAURA. Cuando tú mi padre fueras,
sufriera esa injuria yo;
pero no siéndolo, no.

CLOTALDO. ¿Pues qué es lo que hacer esperas?

ROSAURA. Matar al duque.

CLOTALDO. ¿Una dama
que padre no ha conocido
tanto valor ha tenido?

ROSAURA. Sí.

CLOTALDO. ¿Quién te alienta?

ROSAURA. Mi fama.

CLOTALDO. Mira que a Astolfo has de ver...

ROSAURA. Todo mi honor lo atropella.

CLOTALDO. ...tu rey, y esposo de Estrella.

ROSAURA. ¡Vive Dios, que no ha de ser!

CLOTALDO. Es locura.

ROSAURA. Ya lo veo.

CLOTALDO. Pues véncela.

ROSAURA. No podré.

CLOTALDO. Pues perderás...

ROSAURA. Ya lo sé.

CLOTALDO. ...vida y honor.

ROSAURA. Bien lo creo.

CLOTALDO. ¿Qué intentas?

ROSAURA. Mi muerte.

CLOTALDO. Mira,

que eso es despecho.

ROSAURA. Es honor.

CLOTALDO. Es desatino.

ROSAURA. Es valor.

CLOTALDO. Es frenesí.

ROSAURA. Es rabia, es ira.

CLOTALDO. ¿En fin, que no se da medio
a tu ciega pasión?

ROSAURA. No.

CLOTALDO. ¿Quién ha de ayudarte?

ROSAURA. Yo.

CLOTALDO. ¿No hay remedio?

ROSAURA. No hay remedio.

CLOTALDO. Piensa bien si hay otros modos...

ROSAURA. Perderme de otra manera. *(Vase.)*

CLOTALDO. Pues si has de perderte, espera,
hija, y perdámonos todos. *(Vase.)*

[Campo]

ESCENA NOVENA

(Sale SEGISMUNDO, *vestido de pieles; soldados, marchando;* CLARÍN. *Tocan cajas.)*

SEGISMUNDO. Si este día me viera
Roma en los triunfos de su edad primera,
¡oh, cuánto se alegrara
viendo lograr una ocasión tan rara
de tener una fiera
que sus grandes ejércitos rigiera,
a cuyo altivo aliento
fuera poca conquista el firmamento!
Pero el vuelo abatamos,
espíritu; no así desvanezcamos
aqueste aplauso incierto,
si ha de pesarme, cuando esté despierto,
de haberlo conseguido
para haberlo perdido,

Escena de «La vida es sueño», de su representación en el teatro Guimerá, de Santa Cruz de Tenerife, en 1969

Foto Gyenes.

pues mientras menos fuere
menos se sentirá si se perdiere.

(Tocan un clarín.)

CLARÍN. En un veloz caballo
(perdóname, que fuerza es el pintallo
en viniéndome a cuento),
en quien un mapa se dibuja atento,
pues el cuerpo es la tierra,
el fuego el alma que en el pecho encierra,
la espuma el mar, y el aire es el suspiro,
en cuya confusión un caos admiro,
(pues el alma, espuma, cuerpo, aliento
monstruo es de fuego, tierra, mar y viento,)
de color remendado,
rucio, y a su propósito rodado,
del que bate la espuela,
que en vez de correr vuela,
a tu presencia llega
airosa una mujer.

SEGISMUNDO. Su luz me ciega.

CLARÍN. ¡Vive Dios, que es Rosaura! *(Retírase.)*

SEGISMUNDO. El cielo a mi presencia la restaura.

ESCENA DÉCIMA

(Sale ROSAURA, *con baquero, espada y daga.)*

ROSAURA. Generoso Segismundo,
cuya majestad heroica
sale al día de sus hechos
de la noche de sus sombras;
y como el mayor planeta,
que en los brazos de la aurora
se restituye luciente
a las plantas y a las rosas,
y sobre montes y mares,
cuando coronado asoma,
luz esparce, rayos brilla,

cumbres baña, espumas borda:
así amanezcas al mundo,
luciente sol de Polonia,
que a una mujer infelice
que hoy a tus plantas se arroja
ampares por ser mujer
y desdichada: dos cosas
que para obligarle a un hombre
que de valiente blasona,
cualquiera de las dos basta,
cualquiera de las dos sobra.
Tres veces son las que ya
me admiras, tres las que ignoras
quién soy, pues las tres me viste
en diverso traje y forma.
La primera me creíste
varón en la rigurosa
prisión, donde fue tu vida
de mis desdichas lisonja.
La segunda me admiraste
mujer, cuando fue la pompa
de tu majestad un sueño,
una fantasma, una sombra.
La tercera es hoy, que siendo
monstruo de una especie y otra,
entre galas de mujer
armas de varón me adornan.
Y por que compadecido
mejor mi amparo dispongas,
es bien que de mis sucesos
trágicas fortunas oigas.
De noble madre nací
en la corte de Moscovia,
que, según fue desdichada,
debió de ser muy hermosa.
En ésta puso los ojos
un traidor que no le nombra
mi voz por no conocerle,
de cuyo valor me informa
el mío; pues siendo objeto
de su idea, siento ahora
no haber nacido gentil,

para persuadirme loca
a que fue algún dios de aquellos
que en metamorfosis llora
lluvia de oro, cisne y toro
en Dánae, Leda y Europa.
Cuando pensé que alargaba,
citando aleves historias,
el discurso, hallo que en él
te he dicho en razones pocas
que mi madre, persuadida
a finezas amorosas,
fue como ninguna bella
y fue infeliz como todas.
Aquella necia disculpa
de fe y palabra de esposa
la alcanzó tanto, que aun hoy
el pensamiento la llora;
habiendo sido un tirano
tan Eneas de su Troya,
que la dejó hasta la espada.
Enváinese aquí su hoja,
que yo la desnudaré
antes que acabe la historia.
Deste, pues, mal dado nudo,
que ni ata ni aprisiona,
o matrimonio o delito,
si bien todo es una cosa,
nací yo tan parecida,
que fui un retrato, una copia,
ya que en la hermosura no,
en la dicha y en las obras;
y así, no habré menester
decir que poco dichosa
heredera de fortunas
corrí con ella una propria.
Lo más que podré decirte
de mí, es el dueño que roba
los trofeos de mi honor,
los despojos de mi honra.
Astolfo... ¡ay de mí! al nombrarle
se encoleriza y se enoja
el corazón, propio efecto

de que enemigo le nombra.
Astolfo fue el dueño ingrato
que, olvidado de las glorias
(porque en un pasado amor
se olvida hasta la memoria)
vino a Polonia, llamado
de su conquista famosa,
a casarse con Estrella,
que fue de mi ocaso antorcha.
¿Quién creerá que habiendo sido
una estrella quien conforma
dos amantes, sea una Estrella
la que los divida ahora?
Yo ofendida, yo burlada,
quedé triste, quedé loca,
quedé muerta, quedé yo,
que es decir que quedó toda
la confusión del infierno
cifrada en mi Babilonia;
y declarándome muda
(porque hay penas y congojas
que las dicen los afectos
mucho mejor que la boca)
dije mis penas callando,
hasta que una vez a solas
Violante mi madre ¡ay cielos!
rompió la prisión, y en tropa
del pecho salieron juntas,
tropezando unas con otras.
No me embaracé en decirlas;
que en sabiendo una persona
que a quien sus flaquezas cuenta
ha sido cómplice en otras,
parece que ya le hace
la salva y le desahoga;
que a veces el mal ejemplo
sirve de algo. En fin, piadosa
oyó mis quejas, y quiso
consolarme con las propias:
juez que ha sido delincuente
¡qué fácilmente perdona!
Escarmentando en sí misma,

y por negar a la ociosa
libertad, al tiempo fácil,
el remedio de su honra,
no le tuvo en mis desdichas;
por mejor consejo toma
que le siga, y que le obligue,
con finezas prodigiosas,
a la deuda de mi honor;
y para que a menos costa
fuese, quiso mi fortuna
que en traje de hombre me ponga.
Descuelga una antigua espada
que es ésta que ciño: ahora
es tiempo que se desnude,
como prometí, la hoja,
pues confiada en sus señas
me dijo: «Parte a Polonia
y procura que te vean
ese acero que te adorna
los más nobles; que en alguno
podrá ser que hallen piadosa
acogida tus fortunas,
y consuelo tus congojas».
Llegué a Polonia, en efecto.
Pasemos, pues que no importa
el decirlo, y ya se sabe,
que un bruto que se desboca
me llevó a tu cueva, adonde
tú de mirarme te asombras.
Pasemos que allí Clotaldo
de mi parte se apasiona,
que pide mi vida al rey,
que el rey mi vida le otorga,
que informado de quién soy,
me persuade a que me ponga
mi propio traje y que sirva
a Estrella, donde, ingeniosa,
estorbe el amor de Astolfo
y el ser Estrella su esposa.
Pasemos que aquí me viste
otra vez confuso, y otra
con el traje de mujer

confundiste entrambas formas;
y vamos a que Clotaldo,
persuadido a que le importa
que se casen y que reinen
Astolfo y Estrella hermosa,
contra mi honor me aconseja
que la pretensión deponga.
Yo, viendo que tú, ¡oh valiente
Segismundo! a quien hoy toca
la venganza, pues el cielo
quiere que la cárcel rompas
de esa rústica prisión,
donde ha sido tu persona
al sentimiento una fiera,
al sufrimiento una roca,
las armas contra tu patria
y contra tu padre tomas,
vengo a ayudarte, mezclando
entre las galas costosas
de Diana los arneses
de Palas, vistiendo ahora
ya la tela y ya el acero,
que entrambos juntos me adornan.
Ea, pues, fuerte caudillo,
a los dos juntos importa
impedir y deshacer
estas concertadas bodas:
a mí, por que no se case
el que mi esposo se nombra,
y a ti, por que estando juntos
sus dos estados, no pongan
con más poder y más fuerza
en duda nuestra victoria.
Mujer, vengo a persuadirte
al remedio de mi honra,
y varón, vengo a alentarte
a que cobres tu corona.
Mujer, vengo a enternecerte
cuando a tus plantas me ponga,
y varón, vengo a servirte
con mi acero y mi persona.
Y así, piensa que si hoy

como mujer me enamoras,
como varón te daré
la muerte en defensa honrosa
de mi honor, porque he de ser,
en su conquista amorosa,
mujer para darte quejas,
varón para ganar honras.

SEGISMUNDO. *(Aparte.)* Cielos, si es verdad que sueño,
suspendedme la memoria,
que no es posible que quepan
en un sueño tantas cosas.
¡Válgame Dios, quién supiera,
o saber salir de todas,
o no pensar en ninguna!
¿Quién vio penas tan dudosas?
Si soñé aquella grandeza
en que me vi, ¿cómo ahora
esta mujer me refiere
unas señas dan notorias?
Luego fue verdad, no sueño:
y si fue verdad (que es otra
confusión y no menor)
¿cómo mi vida le nombra
sueño? Pues ¿tan parecidas
a los sueños son las glorias,
que las verdaderas son
tenidas por mentirosas
y las fingidas por ciertas?
¡Tan poco hay de unas a otras,
que hay cuestión sobre saber
si lo que se ve y se goza
es mentira o es verdad!
¿Tan semejante es la copia
al original, que hay duda
en saber si es ella propia?
Pues si es así, y ha de verse
desvanecida entre sombras
la grandeza y el poder,
la majestad y la pompa,
sepamos aprovechar
este rato que nos toca,
pues sólo se goza en ella

lo que entre sueños se goza.
Rosaura está en mi poder,
su hermosura el alma adora;
gocemos, pues, la ocasión;
el amor las leyes rompa
del valor y la confianza
con que a mis plantas se postra.
Esto es sueño; y pues lo es,
soñemos dichas ahora,
que después serán pesares.
¡Mas con mis razones propias
vuelvo a convencerme a mí!
Si es sueño, si es vanagloria,
¿quién por vanagloria humana
pierde una divina gloria?
¿Qué pasado bien no es sueño?
¿Quién tuvo dichas heroicas
que entre sí no diga, cuando
las revuelve en su memoria:
sin duda que fue soñando
cuando vi? Pues si esto toca
mi desengaño, si sé
que es el gusto llama hermosa
que la convierte en cenizas
cualquiera viento que sopla,
acudamos a lo eterno,
que es la fama vividora
donde ni duermen las dichas
ni las grandezas reposan.
Rosaura está sin honor;
más a un príncipe le toca
el dar honor que quitarle.
¡Vive Dios! que de su honra
he de ser conquistador
antes que de mi corona.
Huyamos de la ocasión.
que es muy fuerte.—Al arma toca.

(A un soldado.)

que hoy he de dar la batalla,
antes que la oscura sombra
sepulte los rayos de oro
entre verdinegras ondas.

ROSAURA. ¡Señor! ¿pues así te ausentas?
¿Pues ni una palabra sola
no te debe mi cuidado
ni merece mi congoja?
¿Cómo es posible, señor,
que ni me mires ni oigas?
¿Aun no me vuelves el rostro?

SEGISMUNDO. Rosaura, al honor le importa,
por ser piadoso contigo,
ser cruel contigo ahora.
No te responde mi voz
por que mi honor te responda,
no te hablo, porque quiero
que te hablen por mí mis obras,
ni te miro, porque es fuerza,
en pena tan rigurosa,
que no mire tu hermosura
quien ha de mirar tu honra.

(Vase, y los soldados con él.)

ROSAURA. ¡Qué enigmas, cielos, son éstas?
Después de tanto pesar
¡aún me queda que dudar
con equívocas respuestas!

ESCENA UNDÉCIMA

(Sale CLARÍN.)

CLARÍN. ¿Señora, es hora de verte?
ROSAURA. ¡Ay, Clarín! ¿dónde has estado?
CLARÍN. En una torre encerrado
brujuleando[1] mi muerte,
si me da, o si no me da;
y a figura que me diera,

[1] *brujulear:* 'adivinar'. En el juego de naipes, descubrir poco a poco las cartas para conocer por las rayas o pintas de qué palo son.

pasante quínola[2] fuera
mi vida: que estuve ya
para dar un estallido.

ROSAURA. ¿Por qué?
CLARÍN. Porque sé el secreto
de quién eres, y en efeto,
Clotaldo... ¿Pero qué ruido
es éste? *(Suenan cajas.)*
ROSAURA. ¿Qué puede ser?
CLARÍN. Que del palacio sitiado
sale un escuadrón armado
a resistir y vencer
el del fiero Segismundo.
ROSAURA. ¿Pues cómo cobarde estoy
y ya a su lado no soy
un escándalo del mundo,
cuando ya tanta crueldad
cierra sin orden ni ley? *(Vase.)*

ESCENA DUDÉCIMA

VOCES DE UNOS. ¡Viva nuestro invicto rey!
VOCES DE OTROS. ¡Viva nuestra libertad!
CLARÍN. ¡La libertad y el rey vivan!
Vivan muy enhorabuena;
que a mí nada me da pena
como en cuenta me reciban
que yo, apartado este día
en tan grande confusión,
haga el papel de Nerón,
que de nada se dolía.
Si bien me quiero doler
de algo, y ha de ser de mí.
Escondido desde aquí
toda la fiesta he de ver.

---

[2] *quínola:* En cierto juego de naipes, lance principal, que consiste en reunir cuatro cartas de un palo, ganando, cuando hay más de un jugador que tenga quínola, aquella que suma más puntos, atendiendo al valor de las cartas.

El sitio es oculto y fuerte
entre estas peñas. Pues ya
la muerte no me hallará,
dos higas[3] para la muerte.

(Escóndese; tocan cajas, y suena ruido de armas.)

ESCENA DECIMOTERCERA

(Salen BASILIO, CLOTALDO *y* ASTOLFO, *huyendo.)*

BASILIO. ¡Hay más infelice rey!
¡ay padre más perseguido!
CLOTALDO. Ya tu ejército vencido
baja sin tino ni ley.
ASTOLFO. Los traidores vencedores
quedan.
BASILIO. En batallas tales,
los que vencen son leales,
los vencidos los traidores.
Huyamos, Clotaldo, pues,
del cruel, del inhumano
rigor de un hijo tirano.

(Disparan dentro y cae CLARÍN *herido de donde está.)*

CLARÍN. ¡Válgame el cielo!
ASTOLFO. ¿Quién es
este infelice soldado,
que a nuestros pies ha caído
en sangre todo teñido?
CLARÍN. Soy un hombre desdichado,
que por quererme guardar
de la muerte, la busqué.

---

[3] *higa:* Acción que se ejecuta con la mano, cerrado el puño, mostrando el dedo pulgar por entre el dedo índice y el cordial, con el que se señalaba a las personas infames o se hacía desprecio de ellas.

Huyendo della, encontré
con ella, pues no hay lugar,
para la muerte, secreto;
de donde claro se arguye
de quien más su efeto huye,
es quien se llega a su efeto.
Por eso tornad, tornad
a la lid songrienta luego;
que entre las armas y el fuego
hay mayor seguridad
que en el monte más guardado,
pues no hay seguro camino
a la fuerza del destino
y a la inclemencia del hado;
y así, aunque a libraros vais
de la muerte con huir,
mirad que vais a morir,
si está de Dios que muráis. *(Cae dentro.)*

BASILIO. ¡Mirad que vais a morir,
si está de Dios que muráis!
¡Qué bien ¡ay cielos! persuade
nuestro error, nuestra ignorancia
a mayor conocimiento
este cadáver que habla
por la boca de una herida,
siendo el humor que desata
sangrienta lengua que enseña
que son diligencias vanas
del hombre cuantas dispone
contra mayor fuerza y causa!
Pues yo, por librar de muertes
y sediciones mi patria,
vine a entregarla a los mismos
de quien pretendí librarla.

CLOTALDO. Aunque el hado, señor, sabe
todos los caminos y halla
a quien busca entre lo espeso
de las peñas, no es cristiana
determinación decir
que no hay reparo en su saña.
Sí hay, que el prudente varón
victoria del hado alcanza;

y si no estás reservado
de la pena y la desgracia,
haz por dónde te reserves.

ASTOLFO. Clotaldo, señor, te habla
como prudente varón
que madura edad alcanza;
yo, como joven valiente.
Entre las espesas matas
de ese monte está un caballo
veloz, aborto del aura;
huye en él, que yo entretanto
te guardaré las espaldas.

BASILIO. Si está de Dios que yo muera,
o si la muerte me aguarda
aquí, hoy la quiero buscar,
esperando cara a cara.

ESCENA DECIMOCUARTA

(Salen SEGISMUNDO, ESTRELLA, ROSAURA, *soldados, acompañamiento.)*

UN SOLDADO. En lo intrincado del monte,
entre sus espesas ramas,
el rey se esconde.

SEGISMUNDO. ¡Seguidle!
No quede en sus cumbres planta
que no examine el cuidado
tronco a tronco y rama a rama.

CLOTALDO. ¡Huye, señor!

BASILIO. ¿Para qué?

ASTOLFO. ¿Qué intentas?

BASILIO. Astolfo, aparta.

CLOTALDO. ¿Qué quieres?

BASILIO. Hacer, Clotaldo,
un remedio que me falta.
Si a mí buscándome vas,

(A SEGISMUNDO, *arrodillándose.)*

ya estoy, príncipe a tus plantas:
sea dellas blanca alfombra

esta nieve de mis canas;
pisa mi cerviz y huella
mi corona; postra, arrastra
mi decoro y mi respeto;
toma de mi honor venganza;
sírvete de mí cautivo;
y tras prevenciones tantas,
cumpla el hado su homenaje,
cumpla el cielo su palabra.

SEGISMUNDO. Corte ilustre de Polonia,
que de admiraciones tantas
sois testigos, atended,
que vuestro príncipe os habla.
Lo que está determinado
del cielo, y en azul tabla
Dios con el dedo escribió,
de quien son cifras y estampas
tantos papeles azules
que adornan letras doradas,
nunca engaña, nunca miente;
porque quien miente y engaña
es quien para usar mal dellas
las penetra y las alcanza.
Mi padre, que está presente,
por excusarse a la saña
de mi condición, me hizo
un bruto, una fiera humana:
de suerte que cuando yo
por mi nobleza gallarda,
por mi sangre generosa,
por mi condición bizarra
hubiera nacido dócil
y humilde, sólo bastara
tal género de vivir,
tal linaje de crianza,
a hacer fieras mis costumbres:
¡qué buen modo de estorbarlas!
Si a cualquier hombre dijesen:
«Alguna fiera inhumana
te dará muerte» ¿escogiera
buen remedio en despertalla,
cuando estuviera durmiendo?

Si dijeran: «Esta espada
que traes ceñida ha de ser
quien te dé la muerte», vana
diligencia de evitarlo
fuera entonces desnudarla
y ponérsela a los pechos.
Si dijesen: «Golfos de agua
han de ser tu sepultura
en monumentos de plata»,
mal hiciera en darse al mar
cuando soberbio levanta
rizados montes de nieve,
de cristal crespas montañas.
Lo mismo le ha sucedido
que a quien, porque le amenaza
una fiera, la despierta;
que a quien, temiendo una espada,
la desnuda; y que a quien mueve
las ondas de una borrasca;
y cuando fuera (escuchadme)
dormida fiera mi saña,
templada espada mi furia,
mi rigor quieta bonanza,
la fortuna no se vence
con justicia y con venganza,
porque antes se incita más;
y así, quien vencer aguarda
a su fortuna, ha de ser
con cordura y con templanza.
No antes de venir el daño
se reserva ni se aguarda
quien le previene; que aun que
puede humilde (cosa es clara)
reservarse dél, no es
sino después que se halla
en la ocasión, porque aquésta
no hay camino de estorbarla.
Sirva de ejemplo este raro
espectáculo, esta extraña
admiración, este horror,
este prodigio; pues nada
es más que llegar a ver,

con prevenciones tan varias,
rendido a mis pies a un padre
y atropellado a un monarca.
Sentencia del cielo fue:
por más que quiso estorbarla
él, no pudo; ¿y podré yo,
que soy menor en las canas,
en el valor y en la ciencia,
vencerla? –Señor, levanta, *(Al rey.)*
dáme tu mano, que ya
que el cielo te desengaña
de que has errado en el modo
de vencerla, humilde aguarda
mi cuello a que tú te vengues:
rendido estoy a tus plantas.

BASILIO. Hijo, que tan noble acción
otra vez en mis entrañas
te engendra, príncipe eres.
A ti el laurel y la palma
se te deben; tú venciste;
corónente tus hazañas.

TODOS. ¡Viva Segismundo, viva!

SEGISMUNDO. Pues que ya vencer aguarda
mi valor grandes victorias,
hoy ha de ser la más alta
vencerme a mí. –Astolfo dé
la mano luego a Rosaura,
pues sabe que de su honor
es deuda y yo he de cobrarla.

ASTOLFO. Aunque es verdad que la debo
obligaciones, repara
que ella no sabe quién es;
y es bajeza y es infamia
casarme yo con mujer...

CLOTALDO. No prosigas, tente, aguarda;
porque Rosaura es tan noble
como tú, Astolfo, y mi espada
lo defenderá en el campo;
que es mi hija, y esto basta.

ASTOLFO. ¿Qué dices?

CLOTALDO. Que yo hasta verla
casada, noble y honrada,

no la quise descubrir.
La historia desto es muy larga;
pero, en fin, es hija mía.

ASTOLFO. Pues siendo así, mi palabra
cumpliré.

SEGISMUNDO. Pues por que Estrella
no quede desconsolada,
viendo que príncipe pierde
de tanto valor y fama,
de mi propia mano yo
con esposo he de casarla
que en méritos y fortuna,
si no le excede, le iguala.
Dame la mano.

ESTRELLA. Yo gano
en merecer dicha tanta.

SEGISMUNDO. A Clotaldo, que leal
sirvió a mi padre, le aguardan
mis brazos, con las mercedes
que él pidiere que le haga.

UN SOLDADO. Si así a quien no te ha servido
honras ¿a mí, que fui causa
del alboroto del reino,
y de la torre en que estabas
te saqué, qué me darás?

SEGISMUNDO. La torre; y por que no salgas
della nunca, hasta morir
has de estar allí con guardas;
que el traidor no es menester
siendo la traición pasada.

BASILIO. Tu ingenio a todos admira.

ASTOLFO. ¡Qué condición tan mudada!

ROSAURA. ¡Qué discreto y qué prudente!

SEGISMUNDO. ¿Qué os admira? ¿Qué os espanta,
si fue mi maestro el sueño,
y estoy temiendo en mis ansias
que he de despertar y hallarme
otra vez en mi cerrada
prisión? Y cuando no sea,
el soñarlo sólo basta;
pues así llegué a saber
que toda la dicha humana,

en fin, pasa como un sueño,
y quiero hoy aprovecharla
el tiempo de que me durare:
pidiendo de nuestras faltas
perdón, pues de pechos nobles
es tan propio el perdonarlas.

EL ALCALDE DE ZALAMEA

PERSONAS

EL REY FELIPE II.
DON LOPE DE FIGUEROA.
DON ÁLVARO DE ATAIDE, *capitán.*
UN SARGENTO.
REBOLLEDO, *soldado.*
PEDRO CRESPO, *labrador, viejo.*
JUAN, *hijo de Pedro Crespo.*
DON MENDO, *hidalgo.*
NUÑO, *su criado.*
UN ESCRIBANO.
ISABEL, *hija de Pedro Crespo.*
INÉS, *prima de Isabel.*
LA CHISPA.

[La escena es en Zalamea y sus inmediaciones.]

JORNADA PRIMERA

[Campo cercano a Zalamea.]

ESCENA PRIMERA

(Salen REBOLLEDO, *la* CHISPA *y* SOLDADOS.)

REBOLLEDO. ¡Cuerpo de Cristo con quien
desta suerte hace marchar
de un lugar a otro lugar
sin dar un refresco!

TODOS. Amén.

REBOLLEDO. ¿Somos gitanos aquí
para andar desta manera?
Una arrollada bandera
¿nos ha de llevar tras sí,
con una caja...[1]

SOLDADO 1.º ¿Ya empiezas?

REBOLLEDO. ...que este rato que calló,
nos hizo merced de no
rompernos estas cabezas?

SOLDADO 2.º No muestres deso pesar,
si ha de olvidarse, imagino,
el cansancio del camino
a la entrada del lugar.

REBOLLEDO. ¿A qué entrada, si voy muerto?
Y aunque llegue vivo allá,
sabe mi Dios si será
para alojar; pues es cierto
llegar luego al comisario
los alcaldes a decir

[1] *caja:* 'tambor'.

que si es que se pueden ir,
que darán lo necesario.
Responderles, lo primero,
que es imposible, que viene
la gente muerta; y si tiene
el concejo algún dinero,
decir: «Señores soldados,
orden hay que no paremos:
luego al instante marchemos.»
Y nosotros, muy menguados,
a obedecer al instante
orden que es en caso tal
para él orden monacal
y para mí mendicante.
Pues ¡voto a Dios! que si llego
esta tarde a Zalamea,
y pasar de allí desea
por diligencia o por ruego,
que ha de ser sin mí la ida;
pues no, con desembarazo,
será el primer tornillazo[2]
que habré yo dado en mi vida.

SOLDADO 1.º Tampoco será el primero
que haya la vida costado
a un miserable soldado;
y más hoy, si considero
que es el cabo[3] desta gente
don Lope de Figueroa,
que si tiene fama y loa
de animoso y de valiente,
la tiene también de ser
el hombre más desalmado,
jugador y renegado
del mundo, y que sabe hacer
justicia del más amigo,
sin fulminar[4] el proceso.

REBOLLEDO. ¿Ven ustedes todo eso?
Pues yo haré lo que yo digo.

---

[2] *tonillazo:* aumentativo de *tornillo*, 'deserción'.
[3] *cabo:* 'jefe, capitán'.
[4] *fulminar:* 'instruir'.

SOLDADO 2.º ¿Deso un soldado blasona?
REBOLLEDO. Por mí muy poco me inquieta;
pero por esa pobreta,
que viene tras la persona...
CHISPA. Seor[5] Rebolledo, por mí
voacé[6] no se aflija, no:
que, como ya sabe, yo
barbada el alma nací:
y ese temor me deshonra;
pues no vengo yo a servir
menos que para sufrir
trabajos con mucha honra;
que para estarme, en rigor,
regalada, no dejara
en mi vida, cosa es clara,
la casa del regidor,
donde todo sobra, pues
al mes mil regalos vienen;
que hay regidores que tienen
mesa franca con el mes.
Y pues, al venir aquí,
a marchar y padecer
con Rebolledo, sin ser
postema[7], me resolví,
¿por mí en qué duda o repara?
REBOLLEDO. ¡Viven los cielos, que eres
¡corona de las mujeres!
SOLDADO 2.º Aquesa es verdad bien clara.
¡Viva la Chispa!
REBOLLEDO. ¡Reviva!
Y más si por divertir
esta fatiga de ir
cuesta abajo y cuesta arriba,
con su voz al aire inquieta
una jácara o canción.
CHISPA. Responda a esa petición
citada la castañeta.
REBOLLEDO. Y yo ayudaré también,

---

[5] *seor:* síncope de 'señor'.
[6] *voacé:* 'vuestra merced'.
[7] *postema:* 'persona molesta'.

sentencien los camaradas,
todas las partes citadas.

SOLDADO 1.º ¡Vive Dios, que ha dicho bien!

(Cantan REBOLLEDO *y la* CHISPA.)

CHISPA. *Yo soy titiri, titiri, tina,*
flor de la jacarandina.

REBOLLEDO. *Yo soy titiri, titiri, taina,*
flor de la jacarandaina.

CHISPA. *Vaya a la guerra el alférez*
y embárquese el capitán.

REBOLLEDO. *Mate moros quien quisiere,*
que a mí no me han hecho mal.

CHISPA. *Vaya y venga la tabla al horno*
y a mí no me falte el pan.

REBOLLEDO. *Huéspeda, máteme una gallina;*
que el carnero me hace mal.

SOLDADO 2.º Aguarda; que ya me pesa
(que íbamos entretenidos
en nuestros mismos oídos)
de haber llegado a ver esa
torre, pues es necesario
que donde parecemos sea.

REBOLLEDO. ¿Es aquella Zalamea?

CHISPA. Dígalo su campanario,
no sienta tanto voacé
que cese el cántico ya:
mil ocasiones habrá
en que lograrle, por que
esto me diverte tanto,
que como de otras no ignoran
que a cada cosita lloran,
yo a cada cosita canto,
y oirá uced[8] jácaras ciento.

REBOLLEDO. Hagamos alto aquí, pues
justo, hasta que venga, es,
con la orden el Sargento,
por si hemos de entrar marchando
y en tropas.

---

[8] *uced:* 'vuestra merced'.

SOLDADO 1.º El sólo es quien
llega ahora; mas también
el Capitán esperando
está.

ESCENA SEGUNDA

(Salen el CAPITÁN *y el* SARGENTO.)

CAPITÁN. Señores soldados,
albricias puedo pedir:
de aquí no hemos de salir,
y hemos de estar alojados
hasta que don Lope venga
con la gente que quedó
en Llerena; que hoy llegó
orden de que se prevenga
toda, y no salga de aquí
a Guadalupe, hasta que
junto todo el tercio esté,
y él vendrá luego; y así,
del cansancio bien podrán
descansar algunos días.
REBOLLEDO. Albricias pedir podías.
TODOS. ¡Vítor[9] nuestro Capitán!
CAPITÁN. Ya está hecho el alojamiento:
el comisario irá dando
boletas, como llegando
fueren.
CHISPA. Hoy saber intento
por qué dijo, voto a tål,
aquella jacarandina:
«Huéspeda, máteme una gallina;
que el carnero me hace mal.» *(Vanse.)*

[9] *¡vítor¡*: interjección de alegría con que se aplaude a una persona o acción.

[Calle en Zalamea.]

ESCENA TERCERA

(El CAPITÁN, *el* SARGENTO.)

CAPITÁN. Señor Sargento ¿ha guardado
las boleas para mí,
que me tocan?

SARGENTO. Señor, sí.

CAPITÁN. ¿Y dónde estoy alojado?

SARGENTO. En la casa de un villano,
que el hombre más rico es
del lugar, de quien después
he oído que es el más vano
hombre del mundo, y que tiene
más pompa y más presunción
que un infante de León.

CAPITÁN. Bien a un villano conviene
rico aquesa vanidad.

SARGENTO. Dicen que ésta es la mejor
casa del lugar, señor
y si va a decir verdad,
yo la escogí para ti,
no tanto porque lo sea,
como porque en Zalamea
no hay tan bella mujer...

CAPITÁN. Di.

SARGENTO. Como una hija suya.

CAPITÁN. Pues
por muy hermosa y muy vana
¿será más que una villana
con malas manos y pies?

SARGENTO. ¿Qué haya en el mundo quien diga
eso?

CAPITÁN. ¿Pues no, mentecato?

SARGENTO. ¿Hay más bien gastado rato
(a quien amor no le obliga,
sino ociosidad no más)
que el de una villana, y ver

que no acierta a responder
a propósito jamás?

CAPITÁN. Cosa es que en toda mi vida
ni aun de paso me agradó;
porque en no mirando yo
aseada y bien prendida
una mujer, me parece
que no es mujer para mí.

SARGENTO. Pues para mí, señor, sí,
cualquiera que se me ofrece.
Vamos allá; que por Dios,
que me pienso entretener
con ella.

CAPITÁN. ¿Quieres saber
cuál dice bien de los dos?
El que una belleza adora,
dijo, viendo a la que amó:
«Aquélla es mi dama», y no:
«Aquélla es mi labradora».
Luego si dama se llama
la que se ama, claro es ya
que en una villana está
vendido el nombre de dama.
Mas ¿qué ruido es ese?

SARGENTO. Un hombre,
que de un flaco rocinante
a la vuelta desa esquina
se apeó, y en rostro y talle
parece a aquel don Quijote,
de quien Miguel de Cervantes
escribió las aventuras.

CAPITÁN. ¡Qué figura tan notable!

SARGENTO. Vamos, señor; que ya es hora.

CAPITÁN. Lléveme el Sargento antes
a la posada la ropa
y vuelva luego a avisarme.

(Vanse.)

ESCENA CUARTA

(*Salen* DON MENDO *y* NUÑO.)

DON MENDO. ¿Cómo va el rucio?
NUÑO. Rodado,
pues no puede menearse.
DON MENDO. ¿Dijiste al lacayo, di,
que un rato le pasease?
NUÑO. ¡Qué lindo pienso!
DON MENDO. No hay cosa
que tanto a un bruto descanse.
NUÑO. Aténgome a la cebada.
DON MENDO. ¿Y que a los galgos no aten
dijiste?
NUÑO. Ellos se holgarán;
mas no el carnicero.
DON MENDO. Baste
y pues han dado las tres,
cálzome palillo y guantes.
NUÑO. ¿Si te prenden el palillo
por palillo falso?
DON MENDO. Si alguien
que no he comido un faisán
dentro de sí imaginare,
que allá dentro de sí miente
aquí y en cualquiera parte
le sustentaré.
NUÑO. ¿Mejor
no sería sustentarme
a mí que al otro? Que en fin
te sirvo.
DON MENDO. ¡Qué necedades!
–En efecto ¿que han entrado
soldados aquesta tarde
en el pueblo?
NUÑO. Sí, señor.
DON MENDO. Lástima da el villanaje
con los huéspedes que espera.
NUÑO. Más lástima da y más grande
con los que no espera...

DON MENDO. ¿Quién?
NUÑO. La hidalguez; y no te espante;
que si no alojan, señor,
en cas[10] de hidalgos a nadie,
¿por qué piensas que es?
DON MENDO. ¿Por qué?
NUÑO. Por que no se mueran de hambre.
DON MENDO. En buen descanso esté el alma
de mi buen señor y padre,
pues en fin me dejó una
ejecutoria tan grande,
pintada de oro y azul,
exención de mi linaje.
NUÑO. Tomáramos que dejara
un poco del oro aparte.
DON MENDO. Aunque si reparo en ello,
y si va a decir verdades,
no tengo que agradecerle
de que hidalgo me engendrase,
porque yo no me dejara
engendrar, aunque él porfiase,
si no fuera de un hidalgo,
en el vientre de mi madre.
NUÑO. Fuera de saber difícil.
DON MENDO. No fuera, sino muy fácil.
NUÑO. ¿Cómo, señor?
DON MENDO. Tú, en efecto,
fisolosía no sabes,
y así ignoras los principios.
NUÑO. Sí, mi señor, y aun los antes
y postres, desde que como
contigo; y es que al instante
mesa divina es tu mesa,
sin medios, postres ni antes.
DON MENDO. Yo no digo esos principios.
Has de saber que el que nace
sustancia es del alimento
que antes comieron sus padres.
NUÑO. ¿Luego tus padres comieron?
Esa maña no heredaste.

---

[10] *cas:* apócope de 'casa'.

DON MENDO. Esto después se convierte
en su propia carne y sangre:
luego si hubiera comido
el mío cebolla, al instante
me hubiera dado el olor
y hubiera dicho yo: «Tate,
que no me está bien hacerme
de excremento semejante.»

NUÑO. Ahora digo que es verdad...

DON MENDO. ¿Qué?

NUÑO. ...que adelgaza la hambre
los ingenios.

DON MENDO. Majadero,
¿téngola yo?

NUÑO. No te enfades;
que si no la tienes, puedes
tenerla, pues de la tarde
son ya las tres, y no hay greda
que mejor las manchas saque
que tu saliva y la mía.

DON MENDO. ¿Pues esa es causa bastante
para tener hambre yo?
Tengan hambre los gañanes;
que no somos todos unos;
que a un hidalgo no le hace
falta el comer.

NUÑO. ¡Oh, quién fuera
hidalgo!

DON MENDO. Y más no me hables
desto, pues ya de Isabel
vamos entrando en la calle.

NUÑO. ¿Por qué, si de Isabel eres
tan firme y rendido amante,
a su padre no la pides?
Pues con eso tú y su padre
remediaréis de una vez
entrambas necesidades:
tú comerás, y él hará
hidalgos sus nietos.

DON MENDO. No hables
más, Nuño, en eso. ¿Dineros
tanto habían de postrarme,

que a un hombre llano por suego
había de admitir?

NUÑO. Pues antes
pensé que ser hombre llano,
para suegro, era importante;
pues de otros dicen que son
tropezones en que caen
los yernos. Y si no has
de casarte ¿por qué haces
tantos extremos de amor?

DON MENDO. ¿Pues no hay, sin que yo me case,
huelgas en Burgos, adónde
llevarla cuando me enfade?
Mira si acaso la ves.

NUÑO. Temo, si acierta a mirarme
Pedro Crespo...

DON MENDO. ¿Qué ha de hacerte,
siendo mi criado, nadie?
Haz lo que manda tu amo.

NUÑO. Sí haré, aunque no he de sentarme
con él a la mesa.

DON MENDO. Es propio
de los que sirven, refranes.

NUÑO. Albricias, que con su prima
Inés a la reja sale.

DON MENDO. Di que por el bello oriente,
coronado de diamantes,
hoy, repitiéndose el sol,
amanece por la tarde.

ESCENA QUINTA

(Salen ISABEL *e* INÉS, *a una ventana.)*

INÉS. Asómate a esa ventana,
prima, así el cielo te guarde:
verás los soldados que entran
en el lugar.

ISABEL. No me mandes
que a la ventana me ponga,
estando este hombre en la calle,

Inés, pues ya cuánto el verle
en ella me ofende sabes.

INÉS. En notable tema ha dado
de servirte y festejarte.

ISABEL. No soy más dichosa yo.

INÉS. A mi parecer, mal haces
de hacer sentimiento desto.

ISABEL. ¿Pues qué había de hacer?

INÉS. Donaire.

ISABEL. ¿Donaire de los disgustos?

(Llegando a la ventana.)

DON MENDO. Hasta aqueste mismo instante,
jurara yo a fe de hidalgo
(que es juramento inviolable)
que no había amanecido;
mas ¿qué mucho que lo extrañe
hasta que a vuestras auroras
segundo día les sale?

ISABEL. Ya os he dicho muchas veces,
señor Mendo, cuán en balde
gastáis finezas de amor,
locos extremos de amante
haciendo todos los días
en mi casa y en mi calle.

DON MENDO. Si las mujeres hermosas
supieran cuánto las hace
más hermosas el enojo,
el rigor, desdén y ultraje,
en su vida gastarían
más afeite que enojarse.
Hermosa estáis, por mi vida.
Decid, decid más pesares.

ISABEL. Cuando no baste el decirlos,
don Mendo, el hacerlos baste
de aquesta manera. —Inés,
éntrate acá dentro, y dále
con la ventana en los ojos. *(Vase.)*

INÉS. Señor caballero andante,
que de aventurero entráis
siempre en lides semejantes,

porque de mantenedor
no era para vos tan fácil,
amor os provea. *(Vase.)*

DON MENDO. Inés...
Las hermosuras se salen
con cuanto ellas quieren, Nuño.

NUÑO. ¡Oh, qué desairados nacen
todos los pobres!

ESCENA SEXTA

(Sale PEDRO CRESPO.)

CRESPO. *(Aparte.* ¡Que nunca
entre y salga yo en mi calle,
que no vea a este hidalgote
pasearse en ella muy grave!)

NUÑO. *(Ap. a su amo.)* Pedro Crespo viene aquí.
Vamos por esotra parte,
que es villano malicioso.

(Sale Juan Crespo.)

JUAN. *(Aparte.* ¡Qué siempre que venga halle
esta fantasma a mi puerta,
calzada de frente y guantes!)

NUÑO. *(Ap. a su amo.)* Pero acá viene su hijo.

DON MENDO. No te turbes ni embaraces.

CRESPO. Mas Juanico viene aquí.

JUAN. Pero aquí viene mi padre.

DON MENDO. *(A. a* NUÑO. Disimula.) Pedro Crespo,
Dios os guarde.

CRESPO. Dios os guarde.

(Vanse DON MENDO Y NUÑO.)

ESCENA SÉPTIMA

CRESPO. (*Aparte*. El ha dado en porfiar,
y alguna vez he de darle
de manera que le duela.)

JUAN. (*Aparte*. Algún día he de enojarme.)
¿De dónde bueno, señor?

CRESPO. De las eras; que esta tarde
salí a mirar la labranza,
y están las parvas notables
de manojos y montones,
que parecen al mirarse
desde lejos montes de oro,
y aun oro de más quilates,
pues de los granos de aqueste
es todo el cielo el contraste.
Allí el bieldo, hiriendo a soplos
el viento en ellos suave,
deja en esta parte el grano
y la paja en la otra parte;
que aun allí lo más humilde
da el lugar a lo más grave.
¡Oh, quiera Dios que en las trojes[11]
ya llegue a encerrarlo, antes
que algún turbión me lo lleve
o algún viento me lo tale!
Tú, ¿qué has hecho?

JUAN. No sé cómo
decirlo sin enojarte.
A la pelota he jugado
dos partidos esta tarde
y entrambos los he perdido.

CRESPO. Haces bien, si los pagaste.

JUAN. No los pagué; que no tuve
dinero para ello: antes
vengo a pedirte, señor...

CRESPO. Pues escucha antes de hablarme.
Dos cosas no has de hacer nunca:

[11] *troj*: espacio limitado por tabiques, para guardar frutos y especialmente cereales.

no ofrecer lo que no sabes
que has de cumplir, ni jugar
más de lo que está delante;
porque si por accidente
falta, tu opinión no falte.

JUAN. El consejo es como tuyo;
y porque debo estimarle,
he de pagarte con otro:
En tu vida no has de darle
consejo al que ha menester
dinero.

CRESPO. Bien te vengaste. *(Vanse.)*

[Patio o portal de la casa de PEDRO CRESPO.]

ESCENA OCTAVA

Salen JUAN, CRESPO, *el* SARGENTO.

SARGENTO. ¿Vive Pedro Crespo aquí?

CRESPO. ¿Hay algo que usted le mande?

SARGENTO. Traer a su casa la ropa
de don Álvaro de Ataide,
que es el capitán de aquesta
compañía, que esta tarde
se ha alojado en Zalamea.

CRESPO. No digáis más: eso baste,
que para servir a Dios
y al rey en sus capitanes,
está mi casa y mi hacienda.
Y en tanto que se le hace
el aposento, dejad
la ropa en aquella parte,
y id a decirle que venga
cuando su merced mandare
a que se sirva de todo.

SARGENTO. El vendrá luego al instante. *(Vase.)*

ESCENA NOVENA

JUAN. ¿Que quieras, siendo tan rico,
vivir a estos hospedajes
sujeto?

CRESPO. ¿Pues cómo puedo
excusarlos ni excusarme?

JUAN. Comprando una ejecutoria.

CRESPO. Dime, por tu vida: ¿hay alguien
que no sepa que yo soy
si bien de limpio linaje
hombre llano? No por cierto:
¿pues qué gano yo en comprarle
una ejecutoria al rey,
si no le compro la sangre?
¿Dirán entonces que soy
mejor que ahora? Es dislate.
Pues ¿qué dirán? Que soy noble
por cinco o seis mil reales.
Y eso es dinero, y no es honra:
que honra no la compra nadie.
¿Quieres, aunque sea trivial,
un ejemplillo escucharme?
Es calvo un hombre mil años
y al cabo dellos se hace
una cabellera. Éste
en opiniones vulgares
¿deja de ser calvo? No,
pues que dicen al mirarle:
«¡Bien puesta la cabellera
trae fulano!» Pues ¿qué hace,
si aunque no le vean la calva,
todos que la tienen saben?

JUAN. Enmendar su vejación,
remediarse de su parte,
y redimir las molestias
del sol, del hielo y del aire.

CRESPO. Yo no quiero honor postizo,
que el defecto ha de dejarme
en casa. Villanos fueron

mis abuelos y mis padres;
sean villanos mis hijos.
Llama a tu hermana.

JUAN. Ella sale.

ESCENA DÉCIMA

(*Salen* ISABEL *e* INÉS.)

CRESPO. Hija, el rey nuestro señor,
que el cielo mil años guarde,
va a Lisboa, porque en ella
solicita coronarse
como legítimo dueño:
a cuyo efecto marciales
tropas caminan con tantos
aparatos militares
hasta bajar a Castilla
el tercio viejo de Flandes
con un don Lope, que dicen
todos que es español Marte.
Hoy han de venir a casa,
soldados, y es importante
que no te vean; y así, hija,
al punto has de retirarte
en esos desvanes, donde
yo vivía.

ISABEL. A suplicarte
me dieses esta licencia
venía. Yo sé que el estarme
aquí es estar solamente
a escuchar mil necedades.
Mi prima y yo en ese cuarto
estaremos, sin que nadie,
ni aun el mismo sol, hoy sepa
de nosotras.

CRESPO. Dios os guarde.
Juanito, quédate aquí,
recibe a huéspedes tales,
mientras busco en el lugar
algo con que regalarles. *(Vase.)*

ISABEL. Vamos, Inés.

INÉS. Vamos, prima;
mas tengo por disparate
el guardar a una mujer,
si ella no quiere guardarse

(*Vanse* ISABEL *e* INÉS.)

ESCENA UNDÉCIMA

(*Salen el* CAPITÁN *y el* SARGENTO.)

SARGENTO. Esta es, señor, la casa.

CAPITÁN. Pues del cuerpo de guardia al punto pasa
toda mi ropa.

SARGENTO. (*Ap. al Cap.*) Quiero
registrar la villana lo primero. (*Vase.*)

JUAN. Vos seáis bien venido
a questa casa; que ventura ha sido
grande venir a ella un caballero
tan noble como en vos le considero.
(*Aparte.* ¡Qué galán! ¡Qué alentado!
Envidia tengo al traje de soldado.)

CAPITÁN. Vos seáis bien hallado.

JUAN. Perdonaréis no estar acomodado;
que mi padre quisiera
que hoy un alcázar esta casa fuera.
Él ha ido a buscaros
qué comáis; que desea regalaros.
Y yo voy a que esté vuestro aposento
aderezado.

CAPITÁN. Agradecer intento
la merced y el ciudado.

JUAN. Estaré siempre a vuestros pies postrado.
(*Vase.*)

ESCENA DUODÉCIMA

CAPITÁN. ¿Qué hay, sargento? ¿Has visto ya
a la tal labradora?

SARGENTO. Vive Cristo,
que con aquese intento

no he dejado cocina ni aposento
y no la he encontrado.

CAPITÁN. Sin duda el villanchón[12] la ha retirado.

SARGENTO. Pregunté a una criada
por ella, y respondióme que ocupada
su padre la tenía
en ese cuarto alto, y que no había
de bajar nunca acá; que es muy celoso.

CAPITÁN. ¿Qué villano no ha sido malicioso?
Si acaso aquí la viera,
della caso no hiciera;
y sólo porque el viejo la ha guardado
deseo, vive Dios, de entrar me ha dado
donde está.

SARGENTO. ¿Pues qué haremos
para que allá, señor, con causa entremos
sin dar sospecha alguna?

CAPITÁN. Sólo por tema la he de ver, y una
industria he de buscar.

SARGENTO. Aunque no sea
de mucho ingenio, para quien la vea
hoy, no importará nada;
que con eso será más celebrada.

CAPITÁN. Óyela, pues, ahora.

SARGENTO. Di: ¿qué ha sido?

CAPITÁN. Tú has de fingir... Mas no; pues ha venido

(*Viendo venir a* REBOLLEDO.)

ese soldado, que es más despejado,
él fingirá mejor lo que he trazado.

ESCENA DECIMOTERCERA

(*Salen* REBOLLEDO *y la* CHISPA.)

REBOLLEDO. (*A la* CHISPA.) Con este intento vengo
a hablar al Capitán, por ver si tengo
dicha en algo.

---

[12] *villanchón*: 'tosco, rudo, grosero'.

CHISPA. Pues háblale de modo
que le obligues; que en fin no ha de ser todo
desatino y locura.
REBOLLEDO. Préstame un poco tú de tu cordura.
CHISPA. Poco y mucho pudiera.
REBOLLEDO. Mientras hablo con él, aquí me espera.

(Adelántase.)

—Yo vengo a suplicarte...
CAPITÁN. En cuanto puedo
ayudaré, por Dios, a Rebolledo,
porque me ha aficionado
su despejo y su brío.
SARGENTO. Es gran soldado.
CAPITÁN. ¿Pues que hay que se ofrezca?
REBOLLEDO. Yo he perdido
cuanto dinero tengo y he tenido
y he de tener, porque de pobre juro
en presente, pretérito y futuro.
Hágaseme merced de que, por vía
de ayudilla de costa, aqueste día
el alférez me dé...
CAPITÁN. Diga: ¿qué intenta?
REBOLLEDO. ...el juego del boliche[13] por mi cuenta;
que soy hombre cargado
de obligaciones, y hombre al fin honrado.
CAPITÁN. Digo que eso es muy justo,
y el alférez sabrá que ése es mi gusto.
CHISPA. *(Ap.* Bien le habla el capitán. ¡Oh si me viera
llamar de todos yo la Bolichera!)
REBOLLEDO. Daréle ese recado.
CAPITÁN. Oye, primero
que le lleves. De ti fiarme quiero
para cierta invención que he imaginado,
con que salir espero de un cuidado.
REBOLLEDO. Pues ¿qué es lo que se aguarda?
Lo que tarda en saberse es lo que tarda
en hacerse.

---

[13] *boliche:* cierto juego de bolas que se ejecuta en una mesa cóncava.

CAPITÁN. Escúchame. Yo intento
subir a ese aposento
por ver si en él una persona habita
que de mí hoy esconderse solicita.
REBOLLEDO. ¿Pues por qué a él no subes?
CAPITÁN. No quisiera
sin que alguna color para esto hubiera
por disculparlo más; y así, fingiendo
que yo riño contigo, has de irte huyendo
por ahí arriba. Entonces yo enojado,
la espada sacaré: tú, muy turbado,
has de entrarte hasta donde
la persona que busco se me esconde.
REBOLLEDO. Bien informado quedo.
CHISPA. (*Aparte*. Pues habla el capitán con Rebolledo
hoy de aquella manera,
desde hoy me llamarán la Bolichera.)
REBOLLEDO. (*Alzando la voz.*) ¡Vive Dios, que han tenido
esta ayuda de costa que he pedido,
un ladrón, una gallina y un cuitado!
Y ahora que la pide un hombre honrado
¡no se la dan!
CHISPA. (*Aparte*. Ya empieza su tronera.)
CAPITÁN. ¿Pues cómo me habla a mí desa manera?
REBOLLEDO. ¿No tengo de enojarme,
cuando tengo razón?
CAPITÁN. No, ni ha de hablarme.
Y agradezca que sufro aqueste exceso.
REBOLLEDO. Ucé[14] es mi capitán: sólo por eso
callaré; mas por Dios, que si tuviera
la bengala[15] en la mano...

(*Echando mano a la espada.*)

CAPITÁN. ¿Qué me hiciera?
CHISPA. Tente, señor. (*Ap.* Su muerte considero.)
REBOLLEDO. Que me hablara mejor.

---

[14] *Ucé:* 'vuestra merced'.
[15] *bengala:* insignia de mando militar a modo de cetro o bastón.

CAPITÁN. ¿Qué es lo que espero,
que no doy muerte a un pícaro atrevido?

(Desenvaina.)

REBOLLEDO. Huyo por el respeto que he tenido
a esa insignia.
CAPITÁN. Aunque huyas
te he de matar.
CHISPA. Ya él hizo de las suyas.
SARGENTO. Tente, señor.
CHISPA. Escucha.
SARGENTO. Aguarda, espera.
CHISPA. Ya no me llamarán la Bolichera.

(Vase el CAPITÁN *corriendo tras* REBOLLEDO; *el* SARGENTO *tras el* CAPITÁN; *sale* JUAN *con espada, y después su padre.)*

ESCENA DECIMOCUARTA

JUAN. Acudid todos presto.
CRESPO. ¿Qué ha sucedido aquí?
JUAN. ¿Qué ha sido esto?
CHISPA. Que la espada ha sacado
el Capitán aquí para un soldado,
y, esa escalera arriba,
sube tras él.
CRESPO. ¿Hay suerte más esquiva?
CHISPA. Subid todos tras él.
JUAN. *(Aparte.* Acción fue vana
esconder a mi prima y a mi hermana.)
(Vanse.)

[Cuarto alto en la casa de Crespo.]

ESCENA DECIMOQUINTA

(Sale REBOLLEDO, *huyendo, y se encuentra con* ISABEL *e* INÉS.)

REBOLLEDO. Señoras, pues siempre ha sido
sagrado el que es templo, hoy
sea mi sagrado aqueste,
puesto que es templo de amor.

ISABEL. ¿Quién a huir desa manera
os obliga?

INÉS. ¿Qué ocasión
tenéis de entrar hasta aquí?

ISABEL. ¿Quién os sigue o busca?

(Salen el CAPITÁN *y el* SARGENTO.)

CAPITÁN. Yo,
que tengo de dar la muerte
al pícaro ¡vive Dios!
Si pensase...

ISABEL. Deteneos,
siquiera porque, señor,
vino a valerse de mí;
que los hombres como vos
han de amparar las mujeres,
si no por lo que ellas son,
porque son mujeres: que esto
basta, siendo vos quien sois.

CAPITÁN. No pudiera otro sagrado
librarle de mi furor,
sino vuestra gran belleza:
por ella vida le doy.
pero mirad que no es bien
en tan precisa ocasión
hacer vos el homicidio
que no queréis que haga yo.

ISABEL. Caballero, si cortés

ponéis en obligación
nuestras vidas, no zozobre
tan presto la intercesión.
Que dejéis este soldado
os suplico; pero no
que cobréis de mí la deuda
a que agradecida estoy.

CAPITÁN. No sólo vuestra hermosura
es de rara perfección,
pero vuestro entendimiento
lo es también, porque hoy en vos
alianza están jurando
hermosura y discreción.

ESCENA DECIMOSEXTA

(*Salen* CRESPO *y* JUAN, *con espadas desnudas; detrás la* CHISPA.)

CRESPO. ¿Cómo es eso, caballero?
¿Cuando pensó mi temor
hallaros matando un hombre,
os hallo...

ISABEL. (*Aparte.* ¡Válgame Dios!)
...requebrando una mujer?
Muy noble, sin duda, sois,
pues que tan presto se os pasan
los enojos.

CAPITÁN. Quien nació
con obligaciones debe
acudir a ellas, y yo
al respeto desta dama
suspendí todo el furor.

CRESPO. Isabel es hija mía,
y es labradora, señor,
que no dama.

JUAN. (*Aparte.* ¡Vive el cielo,
que todo ha sido invención
para haber entrado aquí!
Corrido en el alma estoy
de que piensen que me engañan,

y no ha de ser.) Bien, señor
Capitán, pudierais ver
con más segura atención
lo que mi padre desea
hoy serviros, para no
haber hecho este disgusto.

CRESPO. ¿Quién os mete en eso a vos,
rapaz? ¿Qué disgusto ha habido?
Si el soldado le enojó,
¿no había de ir tras él? Mi hija
estima mucho el favor
del haberle perdonado,
y el de su respeto yo.

CAPITÁN. Claro está que no habrá sido
otra causa, y ved mejor
lo que decís.

JUAN. Yo lo he visto
muy bien.

CRESPO. ¿Pues cómo habláis vos
así?

CAPITÁN. Porque estáis delante,
más castigo no le doy
a este rapaz.

CRESPO. Detened,
señor Capitán; que yo
puedo tratar a mi hijo
como quisiere, y no vos.

JUAN. Y yo sufrirlo a mi padre,
mas a otra persona no.

CAPITÁN. ¿Qué habíais de hacer?

JUAN. Perder
la vida por la opinión.

CAPITÁN. ¿Qué opinión tiene un villano?

JUAN. Aquella misma que vos;
que no hubiera un capitán
si no hubiera un labrador.

CAPITÁN. ¡Vive Dios, que ya es bajeza
sufrirlo!

CRESPO. Ved que yo estoy
de por medio.

(Sacan las espadas.)

REBOLLEDO. ¡Vive Cristo!,
Chispa, que ha de haber hurgón!
CHISPA. ¡Aquí del cuerpo de guardia!

(Voceando.)

REBOLLEDO. ¡Don Lope! *(Aparte.* Ojo avizor.)

ESCENA DECIMOSÉPTIMA

(Sale DON LOPE, *con hábito muy galán y bengala; soldados, un tambor.)*

DON LOPE. ¿Qué es aquesto? La primera
cosa que he de encontrar hoy,
acabado de llegar,
¿ha de ser una cuestión?
CAPITÁN. *(Aparte.* ¡A qué mal tiempo don Lope
de Figueroa llegó!)
CRESPO. *(Aparte.* Por Dios que se las tenía
con todos el rapagón.)
DON LOPE. ¿Qué ha habido? ¿Qué ha sucedido?
Hablad, porque ¡vive Dios,
que a hombres, mujeres y casa
eche por un corredor!
¿No me basta haber subido
hasta aquí, con el dolor
desta pierna, que los diablos
llevaran, amén, si no
no decirme: «Aquesto ha sido»?
CRESPO. Todo esto es nada, señor.
DON LOPE. Hablad, decir la verdad.
CAPITÁN. Pues es que alojado estoy
en esta casa: un soldado...
DON LOPE. Decid.
CAPITÁN. ...ocasión me dio
a que sacase con él
la espada: hasta aquí se entró
huyendo; entréme tras él
donde estaban esas dos
labradoras; y su padre

y su hermano, o lo que son,
se han disgustado de que
entrase hasta aquí.

DON LOPE. Pues yo
a tan buen tiempo he llegado,
satisfaré a todos hoy.
¿Quién fue el soldado, decid,
que a su capitán le dio
ocasión de que sacase
la espada?

REBOLLEDO. *(Aparte.* ¿A que pago yo
por todos?)

ISABEL. Aqueste fue
el que huyendo hasta aquí entró.

DON LOPE. Denle dos tratos de cuerda.

REBOLLEDO. ¿Tra-qué han de darme, señor?

DON LOPE. Tratos de cuerda.

REBOLLEDO. Yo hombre
de aquestos tratos no soy.

CHISPA. *(Aparte.* Desta vez me le estropean.)

CAPITÁN. *(Aparte a él.)* ¡Ah Rebolledo! por Dios,
que nada digas: yo haré
que te libren.

REBOLLEDO. *(Aparte al* CAPITÁN.) ¿Cómo no
lo he de decir, pues si callo
los brazos me pondrán hoy
atrás como mal soldado?
El Capitán me mandó
que fingiese la pendencia,
para tener ocasión
de entrar aquí.

CRESPO. Ved ahora
si hemos tenido razón.

DON LOPE. No tuvisteis para haber
así puesto en ocasión
de perderse este lugar.–
Hola, echa un bando, tambor,
que al cuerpo de guardia vayan
los soldados cuantos son,
y que no salga ninguno,
pena de muerte, en todo hoy.–
Y para que no quedéis

con aqueste empeño vos,
y vos con este disgusto,
y satisfechos los dos,
buscad otro alojamiento;
que yo en esta casa estoy
desde hoy alojado, en tanto
que a Guadalupe no voy,
donde está el rey.

CAPITÁN. Tus preceptos
órdenes precisas son
para mí.

(*Vanse el* CAPITÁN, *los soldados y la* CHISPA.)

CRESPO. Entraos allá dentro.

(*Vanse* ISABEL, INÉS *y* JUAN.)

ESCENA DECIMOCTAVA

CRESPO. Mil gracias, señor, os doy
por la merced que me hicisteis
de excusarme la ocasión
de perderme.

DON LOPE. ¿Cómo habíais,
decid, de perderos vos?

CRESPO. Dando muerte a quien pensara
ni aun el agravio menor...

DON LOPE. ¿Sabéis, vive Dios, que es
Capitán?

CRESPO. Sí, vive Dios;
y aunque fuera el general,
en tocando a mi opinión,
le matara.

DON LOPE. A quien tocara,
ni aun al soldado menor,
sólo un pelo de la ropa,
viven los cielos, que yo
le ahorcara.

CRESPO. A quien se atreviera
a un átomo de mi honor,
viven los cielos también,
que también le ahorcara yo.

DON LOPE. ¿Sabéis que estáis obligado
a sufrir, por ser quien sois,
estas cargas?

CRESPO. Con mi hacienda;
pero con mi fama no.
Al rey la hacienda y la vida
se ha de dar; pero el honor
es patrimonio del alma,
y el alma sólo es de Dios.

DON LOPE. ¡Vive Cristo, que parece
que vais teniendo razón!

CRESPO. Sí, vive Cristo, por que
siempre la he tenido yo.

DON LOPE. Yo vengo cansado, y esta
pierna que el diablo me dio
ha menester descansar.

CRESPO. ¿Pues quién os dice que no?
Ahí me dio el diablo una cama
y servirá para vos.

DON LOPE. ¿Y diola hecha el diablo?

CRESPO. Sí.

DON LOPE. Pues a deshacerla voy;
que estoy, voto a Dios, cansado.

CRESPO. Pues descansad, voto a Dios.

DON LOPE. Testarudo es el villano:
tan bien jura como yo.

CRESPO. (*Aparte.* Caprichudo es el don Lope:
no haremos migas los dos.)

JORNADA SEGUNDA

[Calle.]

ESCENA PRIMERA

(*Salen* DON MENDO *y* NUÑO.)

DON MENDO. ¿Quién te contó todo eso?
NUÑO. Todo esto contó Ginesa,
su criada.
DON MENDO. ¡El Capitán,
después de aquella pendencia
que en su casa tuvo (fuese
ya verdad o ya cautela),
ha dado en enamorar
a Isabel!
NUÑO. Y de manera
que tan poco humo en su casa
él hace como en la nuestra
nosotros. En todo el día
se ve apartar de la puerta:
no hay hora que no la envíe
recados: con ellos entra
y sale un mal soldadillo,
confidente suyo.
DON MENDO. Cesa;
que es mucho veneno, mucho,
para que el alma lo beba
de una vez.
NUÑO. Y más no habiendo
en el estómago fuerzas
con que resistirle.
DON MENDO. Hablemos
un rato, Nuño, de veras.

NUÑO. ¡Pluguiera a Dios fueran burlas!
DON MENDO. ¿Y qué le responde ella?
NUÑO. Lo que a ti, porque Isabel
es deidad hermosa y bella,
a cuyo cielo no empañan
los vapores de la tierra.
DON MENDO. ¡Buenas nuevas te dé Dios!

(Al hacer la exclamación da una manotada a NUÑO *en el rostro.)*

NUÑO. A ti te dé mal de muelas,
que me has quebrado dos dientes.
Mas bien has hecho, si intentas
reformarlos, por familia
que no sirve ni aprovecha.–
El Capitán.
DON MENDO. ¡Vive Dios,
si por el honor no fuera
de Isabel, que le matara!
NUÑO. *(Aparte.* Más será por tu cabeza.)
DON MENDO. Escucharé retirado.
Aquí a esta parte te llega.

ESCENA SEGUNDA

(Salen el CAPITÁN, *el* SARGENTO, REBOLLEDO.)

CAPITÁN. Este fuego, esta pasión,
no es amor sólo, que es tema,
es ira, es rabia, es furor.
REBOLLEDO. ¡Oh! ¡nunca, señor, hubieras
visto a la hermosa villana,
que tantas ansias te cuesta!
CAPITÁN. ¿Qué te dijo la criada?
REBOLLEDO. ¿Ya no sabes las respuestas?
DON MENDO. *(Ap. a* NUÑO.) Esto ha de ser: pues ya tiende
la noche de sombras negras,
antes que se haya resuelto

a lo mejor mi prudencia,
ven a armarme.

NUÑO. ¡Pues qué! ¿tienes
más armas, señor, que aquéllas
que están en un azulejo
sobre el marco de la puerta?

DON MENDO. En mi guadarnés presumo
que hay para tales empresas
algo que ponerme.

NUÑO. Vamos
sin que el Capitán nos sienta. *(Vanse.)*

ESCENA TERCERA

CAPITÁN. ¡Que en una villana haya
tan hidalga resistencia,
que no me haya respondido
una palabra siquiera
apacible!

SARGENTO. Éstas, señor,
no de los hombres se prendan
como tú: si otro villano
la festejara y sirviera,
hiciera más caso dél:
fuera de que son tus quejas
sin tiempo. Si te has de ir
mañana ¿para qué intentas
que una mujer en un día
te escuche y te favorezca?

CAPITÁN. En un día el sol alumbra
y falta; en un día se trueca
un reino todo; en un día
es edificio una peña;
en un día una batalla
pérdida y victoria ostenta;
en un día tiene el mar
tranquilidad y tormenta;
en un día nace un hombre
y muere: luego pudiera
en un día ver mi amor
sombra y luz como planeta,

pena y dicha como imperio,
gente y brutos como selva,
paz e inquietud como mar,
triunfo y ruina como guerra,
vida y muerte como dueño
de sentidos y potencias:
y habiendo tenido edad
es un día su violencia
de hacerme tan desdichado
¿por qué, por qué no pudiera
tener edad en un día
de hacerme dichoso? ¿Es fuerza
que se engendren más despacio
las glorias que las ofensas?

SARGENTO. Verla una vez solamente
¿a tanto extremo te fuerza?

CAPITÁN. ¿Qué más causa había de haber,
llegando a verla, que verla?
De sola una vez a incendio
crece una breve pavesa;
de una vez sola un abismo
sulfúreo volcán revienta;
de una vez se enciende el rayo,
que destruye cuanto encuentra,
de una vez escupe horror
la más reformada pieza.
¿De una vez amor, qué mucho,
fuego de cuatro maneras,
mina, incendio, pieza y rayo,
postre, abrase, asombre y hiera?

SARGENTO. ¿No decías que villanas
nunca tenían belleza?

CAPITÁN. Y aun aquesa confianza
me mató, porque el que piensa
que va a un peligro ya va
prevenido a la defensa;
quien va a una seguridad
es el que más riesgo lleva,
por la novedad que halla,
si acaso un peligro encuentra.
Pensé hallar una villana;
si hallé una deidad ¿no era

preciso que peligrase
en mi misma inadvertencia?
En toda mi vida vi
más divina, más perfecta
hermosura. ¡Ay, Rebolledo!
No sé qué hiciera por verla.

REBOLLEDO. En la compañía hay soldado
que canta por excelencia,
y la Chispa, que es mi alcaida
del boliche, es la primera
mujer en jacarear.
Haya, señor, jira y fiesta
y música a su ventana;
que con esto podrás verla,
y aun hablarla.

CAPITÁN. Como está
don Lope allí, no quisiera
despertarle.

REBOLLEDO. Pues don Lope
¿cuándo duerme, con su pierna?
Fuera, señor, que la culpa,
si se entiende, será nuestra,
no tuya, si de rebozo
vas en la tropa.

CAPITÁN. Aunque tenga
mayores dificultades,
pase por todas mi pena.
Juntaos todos esta noche;
mas de suerte que no entiendan
que yo lo mando. ¡Ah, Isabel,
qué de cuidados me cuestas!

(*Vanse el* CAPITÁN *y el* SARGENTO.)

ESCENA CUARTA

CHISPA. (*Dentro.*) Tenga ésa.

REBOLLEDO. Chispa, ¿qué es eso?

CHISPA. (*Sale.*) Ahí un pobrete, que queda
con un rasguño en el rostro.

REBOLLEDO. ¿Pues por qué fue la pendencia?

CHISPA. Sobre hacerme alicantina[1]
del barato[2] de hora y media
que estuvo echando las bolas
teniéndome muy atenta
a si eran pares o nones:
canséme y dile con ésta. *(Saca la daga.)*
Mientras que con el barbero
poniéndose en puntos queda,
vamos al cuerpo de guardia;
que allá te daré la cuenta.

REBOLLEDO. ¡Bueno es estar de mohina,
cuando vengo yo de fiesta!

CHISPA. Pues ¿qué estorba el uno al otro?
Aquí está la castañeta:
¿qué se ofrece que cantar?

REBOLLEDO. Ha de ser cuando anochezca,
y música más fundada.
Vamos, y no te detengas.
Anda acá al cuerpo de guardia.
Fama ha de quedar eterna
de mí en el mundo, que soy
Chispilla la Bolichera. *(Vanse.)*

[Sala baja de casa de Crespo, con vistas y salida
a un jardín. Ventana a un lado.]

ESCENA QUINTA

(DON LOPE, CRESPO.)

CRESPO. *(Dentro.)* En este paso[3], que está
más fresco, poned la mesa
al señor don Lope.– Aquí
os sabrá mejor la cena;
que al fin los días de agosto

[1] *alicantina:* 'burla, engaño'.
[2] *barato:* dinero ganado en el juego.
[3] *paso:* 'estancia'.

no tienen más recompensa
que sus noches.

DON LOPE. Apacible
estancia en extremo es ésta.

CRESPO. Un pedazo es de jardín
en que mi hija se divierta.
Sentaos; que el viento suave
que en las blandas hojas suena
destas parras y estas copas
mil cláusulas linsojeras
hace al compás desta fuente,
cítara de plata y perlas,
porque son en trastes de oro
las guijas templadas cuerdas.
Perdonad si de instrumentos
solos la música suena,
sin cantores que os deleiten,
sin voces que os entretengan,
que como músicos son
los pájaros que gorjean
no quieren cantar de noche
ni yo puedo hacerles fuerza.
Sentaos, pues, y divertid
esa continua dolencia.

DON LOPE. No podré; que es imposible
que divertimiento tenga.
¡Válgame Dios!

CRESPO. Valga, amén.

DON LOPE. Los cielos me den paciencia,
Sentaos, Crespo.

CRESPO. Yo estoy bien.

DON LOPE. Sentaos.

CRESPO. Pues me dais licencia,
digo, señor, que obedezco,
aunque excusarlo pudierais. *(Siéntase.)*

DON LOPE. ¿No sabéis qué he reparado?
Que ayer la cólera vuestra
os debió de enajenar
de vos.

CRESPO. Nunca me anajena
a mí de mí nada.

DON LOPE. Pues,

¿cómo ayer, sin que os dijera
que os sentarais, os sentasteis,
y aun en la silla primera?

CRESPO. Porque no me lo dijisteis;
y hoy, que lo decís, quisiera
no hacerlo: la cortesía,
tenerla con quien la tenga.

DON LOPE. Ayer todo erais reniegos,
por vidas, votos y pesias;
y hoy estáis más apacible,
con más gusto y más prudencia.

CRESPO. Yo, señor, respondo siempre
en el tono y en la letra
que me hablan: ayer vos
así hablabais, y era fuerza
que fueran de un mismo tono
la pregunta y la respuesta.
Demás de que yo he tomado
por política discreta
jurar con aquel que jura,
rezar con aquel que reza.
A todo hago compañía;
y es aquesto de manera
que en toda la noche pude
dormir en la pierna vuestra
pensando, y amanecí
con dolor en ambas piernas;
que por no errar la que os duele,
si es la izquierda o la derecha,
me dolieron a mí entrambas.
Decidme por vida vuestra
cuál es, y sépalo yo,
por que una sola me duela.

DON LOPE. ¿No tengo mucha razón
de quejarme, si ha ya treinta
años que asistiendo en Flandes
al servicio de la guerra,
el invierno con la escarcha,
y el verano con la fuerza
del sol, nunca descansé,
y no he sabido qué sea
estar sin dolor un hora?

CRESPO. ¡Dios, señor, os dé paciencia!
DON LOPE. ¿Para qué la quiero yo?
CRESPO. No os la dé.
DON LOPE. Nunca acá venga,
sino que dos mil demonios
carguen conmigo y con ella.
CRESPO. Amén, y si no lo hacen,
es por no hacer cosa buena.
DON LOPE. ¡Jesús mil veces, Jesús!
CRESPO. Con vos y conmigo sea.
DON LOPE. ¡Vive Cristo, que me muero!
CRESPO. ¡Vive Cristo, que me pesa!

ESCENA SEXTA

(Sale JUAN, *que saca la mesa.)*

JUAN. Ya tienes la mesa aquí.
DON LOPE. ¿Cómo a servirla no entran
mis criados?
CRESPO. Yo, señor,
dije, con vuestra licencia,
que no entraran a serviros,
y que en mi casa no hicieran
prevenciones; que a Dios gracias,
pienso que no os falte en ella
nada.
DON LOPE. Pues no entran criados,
hacedme merced que venga
vuestra hija aquí a cenar
conmigo.
CRESPO. Dila que venga
a tu hermana al punto, Juan.
(Vase JUAN.)
DON LOPE. Mi poca salud me deja
sin sospecha en esta parte.
CRESPO. Aunque vuestra salud fuera,
señor, la que yo os deseo,
me dejara sin sospecha.
Agravio hacéis a mi amor;
que nada deso me inquieta;

pues decirla que no entrara
aquí, fue con advertencia
de que no estuviese a oír
ociosas impertinencias;
que si todos los soldados
corteses como vos fueran,
ella había de asistir
a serviros la primera.

DON LOPE. (*Aparte*. ¡Qué ladino es el villano,
o cómo tiene prudencia!)

ESCENA SÉPTIMA

(*Salen* JUAN, INÉS *e* ISABEL.)

ISABEL. ¿Qué es, señor, lo que me mandas?

CRESPO. El señor don Lope intenta
honraros: él es quien llama.

ISABEL. Aquí está una esclava vuestra.

DON LOPE. Serviros intento yo.
(*Aparte*. ¡Qué hermosura tan honesta!)
Que cenéis conmigo quiero.

ISABEL. Mejor es que a vuestra cena
sirvamos las dos.

DON LOPE. Sentaos.

CRESPO. Sentaos, haced lo que ordena
el señor don Lope.

ISABEL. Esté
el mérito en la obediencia.

(*Siéntanse.—Tocan dentro guitarras.*)

DON LOPE. ¿Qué es aquello?

CRESPO. Por la calle
los soldados se pasean
tocando y cantando.

DON LOPE. Mal
los trabajos de la guerra
sin aquesta libertad
se llevaron; que es estrecha
religión la de un soldado,
y darla ensanches es fuerza.

JUAN. Con todo eso, es linda vida.
DON LOPE. ¿Fuérades con gusto a ella?
JUAN. Sí, señor, como llevara
por amparo a vuecelencia

ESCENA OCTAVA

UN SOLDADO. *(Dentro.)* Mejor se cantará aquí.
REBOLLEDO. *(Dentro.)* Vaya a Isabel una letra,
y por que despierte, tira
a su ventana una piedra.

(Suena una piedra en una ventana.)

CRESPO. *(Aparte.* A ventana señalada
va la música: paciencia.)

(Una voz canta dentro.)

Las flores del romero,
niña Isabel,
hoy son flores azules
y mañana serán miel.

DON LOPE. *(Aparte.* Música, vaya; mas esto
de tirar es desvergüenza...
¿Y a la casa donde estoy
venirse a dar cantaletas!...[4]
Pero disimularé
por Pedro Crespo y por ella.)
¡Qué travesuras!
CRESPO. Son mozos.
(Aparte. Si por don Lope no fuera,
yo les hiciera...)
JUAN. *(Aparte.* Si yo
una rodelilla vieja,
que en el cuarto de don Lope
esta colgada, pudiera
sacar...)

(Hace que se va.)

---

[4] *cantaleta:* serenata burlesca.

CRESPO. ¿Dónde vais, mancebo?
JUAN. Voy a que traigan la cena.
CRESPO. Allá hay mozos que la traigan.
SOLDADOS.

(Dentro cantando.)

Despierta, Isabel, despierta.

ISABEL. *(Aparte.)* ¿Qué culpa tengo yo, cielos,
para estar a esto sujeta?
DON LOPE. Ya no se puede sufrir,
porque es cosa muy mal hecha.

(Arroja la mesa.)

CRESPO. Pues ¡y cómo que lo es!

(Arroja la silla.)

DON LOPE. *(Aparte.* Levéme de mi impaciencia.)
¿No es, decidme, muy mal hecho
que tanto una pierna duela?
CRESPO. Deso mismo hablaba yo.
DON LOPE. Pensé que otra cosa era.
Como arrojasteis la silla...
CRESPO. Como arrojasteis la mesa
vos, no tuve que arrojar
otra cosa yo más cerca.
(Aparte. Disimulemos, honor.)
DON LOPE. *(Aparte.* ¡Quién en la calle estuviera!)
Ahora bien, cenar no quiero.
Retiraos.
CRESPO. En hora buena.
DON LOPE. Señora, quedad con Dios.
ISABEL. El cielo os guarde.
DON LOPE. *(Aparte.* A la puerta
de la calle ¿no es mi cuarto?
y en él ¿no está una rodela?)
CRESPO. *(Aparte.* ¿No tiene puerta el corral,
y yo una espadilla vieja?)
DON LOPE. Buenos noches.
CRESPO. Buenas noches.

(*Aparte*. Encerraré por defuera
a mis hijos.)

DON LOPE. (*Aparte*. Dejaré
un poco la casa quieta.)

ISABEL. (*Aparte*. ¡Oh qué mal, cielos, los dos
disumulan que les pesa!)

INÉS. (*Aparte*. Mal el uno por el otro
van haciendo la deshecha.)

CRESPO. ¡Hola, mancebo!...

JUAN. Señor.

CRESPO. Acá está la cama vuestra. (*Vanse.*)

[Calle.]

ESCENA NOVENA

(*El* CAPITÁN, *el* SARGENTO; *la* CHISPA *y* REBOLLEDO, *con guitarras, soldados.*)

REBOLLEDO. Mejor estamos aquí.
El sitio es más oportuno:
tome rancho cada uno.

CHISPA. ¿Vuelve la música?

REBOLLEDO. Sí.

CHISPA. Ahora estoy en mi centro.

CAPITÁN. ¡Que no haya una ventana
entreabierto esta villana!

SARGENTO. Pues bien lo oyen allá dentro.

CHISPA. Espera.

SARGENTO. Será a mi costa.

REBOLLEDO. No es más de hasta ver quién es
quien llega.

CHISPA. Pues qué ¿no ves
un jinete de la costa?

Escena de «El alcalde de Zalamea», en el teatro Español, de Madrid, en 1965

Foto Gyenes.

ESCENA DÉCIMA

(Sale DON MENDO, *con adarga,* NUÑO.)

DON MENDO. *(Aparte a* NUÑO.)
¿Ves bien lo que pasa?
NUÑO. No,
no veo bien; pero bien
lo escucho.
DON MENDO. ¿Quién, cielos, quién
esto puede sufrir?
NUÑO. Yo.
DON MENDO. ¿Abrirá acaso Isabel
la ventana?
NUÑO. Sí abrirá.
DON MENDO. No hará, villano.
NUÑO. No hará.
DON MENDO. ¡Ah, celos, pena cruel!
Bien supiera yo arrojar
a todos a cuchilladas
de aquí; más disimuladas
mis desdichas han de estar
hasta ver si ella ha tenido
culpa dello.
NUÑO. Pues aquí
nos sentemos.
DON MENDO. Bien: así
estaré desconocido.
REBOLLEDO. Pues ya el hombre se ha sentado,
si ya no es que ser ordena,
alguna alma que anda en pena,
de las cañas que ha jugado,
con su adarga a cuestas. Da *(A la* CHISPA.)
voz al aire.
CHISPA. Ya él la lleva.
REBOLLEDO. Va una jácara tan nueva,
que corra sangre
CHISPA. Sí hará.

ESCENA UNDÉCIMA

(Salen DON LOPE *y* CRESPO, *a un tiempo, con broqueles, y cada uno por su lado.)*

CHISPA. *(Canta.) Érase cierto Sampayo,*
la flor de los andaluces,
el jaque de mayor porte
y el rufo de mayor lustre.
Éste, pues, a la Chillona
halló un día...

REBOLLEDO. No le culpen
la fecha; que el asonante
quiere que haya sido en lunes.

CHISPA. *Halló, digo, a la Chillona,*
que brindando entre dos luces
ocupaba con el Garlo
la casa de las azumbres[5].
El Garlo, que siempre fue,
en todo lo que le cumple,
rayo de tejado abajo,
porque era rayo sin nube,
sacó la espada, y a un tiempo
de tajo y revés sacude.

CRESPO. Sería desta manera.

DON LOPE. Que sería así no duden.

(Acuchillan DON LOPE *y* CRESPO *a los soldados y a* DON MENDO *y* NUÑO; *métenlos, y vuelve* DON LOPE.)

Huyeron, y uno ha quedado
dellos, que es el que está aquí.

(Vuelve CRESPO.)

CRESPO. *(Aparte.* Cierto es que el que queda allí
sin duda es algún soldado.)

---

[5] *casa de las azumbres:* 'taberna'.

DON LOPE. (*Aparte*. Ni aun éste se ha de escapar
sin almagre[6].)
Ni éste quiero.

CRESPO. (*Aparte*. Que quede sin que mi acero
la calle le haga dejar.)

DON LOPE. Huid con los otros.

CRESPO. Huid vos,
que sabréis huir más bien. (*Riñen.*)

DON LOPE. (*Aparte*. ¡Vive Dios, que riñe bien!)

CRESPO. (*Aparte*. ¡Bien pelea, vive Dios!)

ESCENA DUODÉCIMA

(*Sale* JUAN, *con espada.*)

JUAN. (*Aparte*. Quiera el cielo que le tope.)
Señor, a tu lado estoy.

DON LOPE. ¿Es Pedro Crespo?

CRESPO. Yo soy.
¿Es don Lope?

DON LOPE. Sí es don Lope.
¿Qué no habíais, no dijisteis,
de salir? ¿Qué hazaña es ésta?

CRESPO. Sean disculpa y respuesta
hacer lo que vos hicisteis.

DON LOPE. Aquesta era ofensa mía,
vuestra no.

CRESPO. No hay que fingir;
que yo he salido a reñir
por haceros compañía.

ESCENA DECIMOTERCERA

SOLDADOS. (*Dentro.*) A dar muerte nos juntemos
a estos villanos.

CAPITÁN. (*Dentro.*) Mirad...

(*Salen los soldados y el capitán.*)

---

[6] *almagre*: 'herida, sangre'.

DON LOPE. ¿Adónde vais? Esperad.
¿De qué son estos extremos?

CAPITÁN. Los soldados han tenido
(porque se estaban holgando
en esta calle, cantando
sin alboroto y ruido)
una pendencia, y yo soy
quien los está deteniendo.

DON LOPE. Don Álvaro, bien entiendo
vuestra prudencia; y pues hoy
aqueste lugar está
en ojeriza, yo quiero
excusar rigor más fiero;
y pues amanece ya,
orden doy que en todo el día,
para que mayor no sea
el daño, de Zalamea
saquéis vuestra compañía:
y estas cosas acabadas,
no vuelvan a ser, por que
otra vez la paz pondré,
vive Dios, a cuchilladas.

CAPITÁN. Digo que por la mañana
la compañía haré marchar.
(*Aparte*. La vida me has de costar,
hermosísima villana.)

CRESPO. (*Aparte*. Caprichudo es el don Lope;
ya haremos migas los dos.)

DON LOPE. Veníos conmigo vos,
y solo ninguno os tope. (*Vanse.*)

ESCENA DECIMOCUARTA

DON MENDO. ¿Es algo, Nuño, la herida?
Aunque fuera menor, fuera
de mí muy mal recibida,
y mucho más que quisiera.

DON MENDO. Yo no he tenido en mi vida
mayor pena ni tristeza.

NUÑO. Yo tampoco.

DON MENDO. Que me enoje

es justo. ¿Que su fiereza
luego te dio en la cabeza?

NUÑO. Todo este lado me coge. *(Tocan dentro.)*

DON MENDO. ¿Qué es esto?

NUÑO. La compañía,
que hoy se va.

DON MENDO. Y es dicha mía,
pues con eso cesarán
los celos del Capitán.

NUÑO. Hoy se ha de ir en todo el día.

ESCENA DECIMOQUINTA

(Salen el CAPITÁN *y el* SARGENTO, *a un lado.)*

CAPITÁN. Sargento, vaya marchando
antes que decline el día
con toda la compañía,
y con prevención que cuando
se esconda en la espuma fría
del océano español
ese luciente farol,
en este monte le espero,
porque hallar mi vida quiero
hoy en la muerte del sol.

SARGENTO. *(Aparte al* CAPITÁN.*)*
Calla, que está aquí una figura
del lugar.

DON MENDO. *(Aparte a* NUÑO.*)* Pasar procura
sin que entienda mi tristeza.

NUÑO. ¿Puedo yo mostrar gordura?

(Vanse DON MENDO *y* NUÑO.*)*

ESCENA DECIMOSEXTA

CAPITÁN. Yo he de volver al lugar,
porque tengo prevenida
una criada, a mirar
si puedo por dicha hablar
a aquesta hermosa homicida.

Dádivas han granjeado
que apadrine mi cuidado.

SARGENTO. Pues, señor, si has de volver,
mira que habrá menester
volver bien acompañado;
porque al fin no hay que fiar
de villanos.

CAPITÁN. Ya lo sé.
Algunos puedes nombrar
que vuelvan conmigo.

SARGENTO. Haré
cuanto me quieras mandar,
pero, si acaso volviese
don Lope, y te conociese
al volver...

CAPITÁN. Ese temor
quiso también que perdiese
en esta parte mi amor;
que don Lope se ha de ir
hoy también a prevenir
todo el tercio a Guadalupe;
que todo lo dicho supe
yéndome ahora a despedir
dél, porque ya el rey vendrá,
que puesto en camino está.

SARGENTO. Voy, señor, a obedecerte.

CAPITÁN. Que me va la vida advierte.

ESCENA DECIMOSÉPTIMA

(*Salen* REBOLLEDO *y la* CHISPA.)

REBOLLEDO. Señor, albricias me da.

CAPITÁN. ¿De qué han de ser, Rebolledo?

REBOLLEDO. Muy bien merecerlas puedo,
pues solamente te digo...

CAPITÁN. ¿Qué?

REBOLLEDO. Que ya hay un enemigo
menos a quien tener miedo.

CAPITÁN. ¿Quién es? Dilo presto.

REBOLLEDO. Aquel

mozo, hermano de Isabel.
Don Lope se le pidió
al padre, y él se le dio,
y va a la guerra con él.
En la calle le he encontrado
muy galán, muy alentado,
mezclando a un tiempo, señor,
rezagos de labrador
con primicias de soldado:
de suerte que el viejo es ya
quien pesadumbres nos da.

CAPITÁN. Todo nos sucede bien,
y más si me ayuda quien
esta esperanza me da
de que esta noche podré
hablarla.

REBOLLEDO. No pongas duda.

CAPITÁN. Del camino volveré;
que ahora es razón que acuda
a la gente que se ve
ya marchar. Los dos seréis
los que conmigo vendréis. *(Vase.)*

REBOLLEDO. Pocos somos, vive Dios,
aunque vengan otros dos
otros cuatro y otros seis.

CHISPA. Y yo, si tú has de volver,
allá ¿qué tengo de hacer?
Pues no estoy segura yo,
si da conmigo el que dio
al barbero qué coser.

REBOLLEDO. No sé qué he de hacer de ti.
¿No tendrás ánimo, di,
de acompañarme?

CHISPA. ¿Pues no?
¿Vestido no tengo yo,
ánimo y esfuerzo?

REBOLLEDO. Sí,
vestido no faltará;
que ahí otro del paje está
de jineta, que se fue.

CHISPA. Pues yo plaza pasaré
por él.

REBOLLEDO. Vamos, que se va
la bandera.
CHISPA. Y yo veo ahora
por qué en el mundo he cantado
Que el amor del soldado
no dura un hora. *(Vanse.)*

ESCENA DECIMOCTAVA

(Salen DON LOPE, CRESPO *y* JUAN.)

DON LOPE. A muchas cosas os soy
en extremo agradecido;
pero sobre todas, ésta
de darme hoy a vuestro hijo
para soldado, en el alma
os la agradezco y estimo.
CRESPO. Yo os le doy para criado.
DON LOPE. Yo os le llevo para amigo;
que me ha inclinado en extremo
su desenfado y su brío
y la afición a las armas.
JUAN. Siempre a vuestros pies rendido
me tendréis, y vos veréis
de la manera que os sirvo,
procurando obedeceros
en todo.
CRESPO. Lo que os suplico
es que perdonéis, señor,
si no acertare a serviros,
porque en el rústico estudio,
adonde rejas y trillos,
palas, azadas y bieldos
son nuestros mejores libros,
no habrá podido aprender
lo que en los palacios ricos
enseña la urbanidad
política de los siglos.
DON LOPE. Ya que va perdiendo el sol
la fuerza, irme determino.
JUAN. Veré si viene, señor,
la litera. *(Vase.)*

ESCENA DECIMONOVENA

(Salen ISABEL *e* INÉS.)

ISABEL. ¿Y es bien iros
sin que os despidáis de quien
tanto desea serviros?

DON LOPE. *(A* ISABEL.) No me fuera sin besaros
las manos y sin pediros
que liberal perdonéis
un atrevimiento digno
de perdón, porque no el premio
hace el don, sino el servicio.
Esta venera[7], que aunque
está de diamantes ricos
guarnecida, llega pobre
a vuestras manos, suplico
que la toméis y traigáis
por patena, en nombre mío.

ISABEL. Mucho siento que penséis,
con tan generoso indicio,
que pagáis el hospedaje,
pues de honra que recibimos
somos los deudores.

DON LOPE. Esto
no es paga, sino cariño

ISABEL. Por cariño, y no por paga,
solamente la recibo.
A mi hermano os encomiendo,
ya que tan dichoso ha sido
que merece ir por criado
vuestro.

DON LOPE. Otra vez os afirmo
que podéis descuidar dél;
que va, señora, conmigo.

---

[7] *venera:* insignia distintiva que traen pendiente al pecho los caballeros de una de las órdenes.

ESCENA VIGÉSIMA

(Sale JUAN.)

JUAN. Ya está la litera puesta.
DON LOPE. Con Dios os quedad.
CRESPO. El mismo
os guarde.
DON LOPE. ¡Ah buen Pedro Crespo!
CRESPO. ¡Ah señor don Lope invicto!
DON LOPE. ¿Quién os dijera aquel día
primero que aquí nos vimos,
que habíamos de quedar
para siempre tan amigos?
CRESPO. Yo lo dijera, señor,
si allí supiera, al oíros
que erais...
DON LOPE. *(Al irse ya.)* Decid, por mi vida.
CRESPO. ...loco de tan buen capricho.

(Vase DON LOPE.)

ESCENA VIGESIMOPRIMERA

CRESPO. En tanto que se acomoda
el señor don Lope, hijo,
ante tu prima y tu hermana
escucha lo que te digo.
Por la gracia de Dios, Juan,
eres de linaje limpio
más que el sol, pero villano;
lo uno y lo otro te digo,
aquello, por que no humilles
tanto tu orgullo y tu brío,
que dejes, desconfiado,
de aspirar con cuerdo arbitrio
a ser más; lo otro, por que
no vengas, desvanecido,
a ser menos: igualmente

usa de entrambos designios
con humildad; porque siendo
humilde, con recto juicio
acordarás lo mejor;
y como tal, en olvido
pondrás cosas que suceden
al revés en los altivos.
¡Cuántos, teniendo en el mundo
algún defecto consigo,
le han borrado por humildes!
Y ¡a cuántos, que no han tenido
defecto, se le han hallado
por estar ellos mal vistos!
Sé cortés sobremanera,
sé liberal y esparcido;
que el sombrero y el dinero
son los que hacen los amigos;
y no vale tanto el oro
que el sol engendra en el indio
suelo y que conduce el mar,
como ser uno bienquisto.
No hables mal de las mujeres:
la más humilde, te digo
que es digna de estimación,
porque, al fin, dellas nacimos.
No riñas por cualquier cosa:
que cuando en los pueblos miro
muchos que a reñir enseñan,
mil veces entre mí digo:
«Aquesta escuela no es
la que ha de ser, pues colijo
que no ha de enseñarse a un hombre
con destreza, gala y brío
a reñir, sino a por qué
ha de reñir; que yo afirmo
que si hubiera un maestro solo
que enseñara prevenido,
no el cómo, el por qué se riña,
todos le dieran sus hijos.»
Con esto, y con el dinero
que llevas para el camino,
y para hacer, en llegando

de asiento, un par de vestidos,
el amparo de don Lope
y mi bendición, yo fío
en Dios que tengo de verte
en otro puesto. Adiós, hijo,
que me enternezco en hablarte.

JUAN. Hoy tus razones imprimo
en el corazón, adonde
vivirán, mientras yo vivo.
Dadme tu mano, y tú, hermana,
los brazos; que ya ha partido
don Lope, mi señor, y es
fuerza alcanzarle.

ISABEL. Los míos
bien quisieran detenerte.

JUAN. Prima, adiós.

INÉS. Nada te digo
con la voz, porque los ojos
hurtan a la voz su oficio.
Adiós.

CRESPO. Ea, vete presto;
que cada vez que te miro
siento más el que te vayas:
y haz por ser lo que te he dicho.

JUAN. El cielo con todos quede.

CRESPO. El cielo vaya contigo. (*Vase* JUAN.)

ESCENA VIGESIMOSEGUNDA

ISABEL. ¡Notable crueldad has hecho!

CRESPO. (*Aparte*. Ahora que no le miro,
hablaré más consolado.)
¿Qué había de hacer conmigo,
sino ser toda su vida
un holgazán, un perdido?
Váyase a servir al rey.

ISABEL. Que de noche haya salido,
me pesa a mí.

CRESPO. Caminar
de noche por el estío
antes es comodidad

que fatiga, y es preciso
que a don Lope alcance luego
al instante. (*Aparte.* Enternecido
me deja, cierto, el muchacho,
aunque en público me animo.)

ISABEL. Éntrate, señor, en casa.

INÉS. Pues sin soldados vivimos,
estémonos otro poco
gozando a la puerta el frío
viento que corre; que luego
saldrán por ahí los vecinos.

CRESPO. (*Aparte.* A la verdad, no entro dentro
porque desde aquí imagino,
como el camino blanquea,
que veo a Juan en el camino.)
Inés, sácame a esta puerta
asiento.

INÉS. Aquí está un banquillo.

ISABEL. Esta tarde diz[8] que ha hecho
la villa elección de oficios.

CRESPO. Siempre aquí por el agosto
se hace. (*Siéntase.*)

ESCENA VIGESIMOTERCERA

(*Salen el* CAPITÁN, *el* SARGENTO, REBOLLEDO, *la* CHISPA *y soldados, embozados.*)

CAPITÁN. (*Aparte a los suyos.*) Pisad sin ruido,
Llega, Rebolledo, tú,
y da a la criada aviso
de que ya estoy en la calle.

REBOLLEDO. Yo voy, Mas ¡qué es lo que miro!
A su puerta hay gente.

SARGENTO. Y yo
en los reflejos y visos
que la luna hace en el rostro,
que es Isabel, imagino,
ésta.

CAPITÁN. Ella es: más que la luna,

---

[8] *diz:* 'dícese'.

el corazón me lo ha dicho.
A buena ocasión llegamos.
Si ya, una vez que venimos,
nos atrevemos a todo,
buena venida habrá sido.

SARGENTO. ¿Estás para oír un consejo?
CAPITÁN. No.
SARGENTO. Pues ya no te le digo.
Intenta lo que quisieres.
CAPITÁN. Yo he de llegar, y atrevido
quitar a Isabel de allí.
Vosotros a un tiempo mismo
impedid a cuchilladas
el que me sigan.
SARGENTO. Contigo
venimos, y a tu orden hemos
de estar.
CAPITÁN. Advertid que el sitio
donde habemos de juntarnos
es ese monte vecino,
que está a la mano derecha,
como salen del camino.
REBOLLEDO. Chispa.
CHISPA. ¿Qué?
REBOLLEDO. Ten esas capas.
CHISPA. Que es del reñir, imagino,
la gala el guardar la ropa,
aunque del nadar se dijo.
CAPITÁN. Yo he de llegar el primero.
CRESPO. Harto hemos gozado el sitio.
Entrémonos allá dentro.
CAPITÁN. *(Aparte a los suyos.)*
Ya es tiempo, llegad, amigos.

(Lléganse a los tres soldados; detienen a CRESPO *y a* INÉS, *y se apoderan de* ISABEL.)

ISABEL. ¡Ah traidor! Señor, ¿qué es esto?
CAPITÁN. Es una furia, un delirio
de amor. *(Llévala y vase.)*
ISABEL. *(Dentro.)* ¡Ah traidor! –¡Señor!

CRESPO. ¡Ah cobardes!
ISABEL. *(Dentro.)* ¡Padre mío!
INÉS. *(Aparte.)* Yo quiero aquí retirarme. *(Vase.)*
CRESPO. ¡Cómo echáis de ver ¡ah impíos!
que estoy sin espada, aleves,
falsos y traidores!
REBOLLEDO. Idos,
si no queréis que la muerte
sea el último castigo.

(Vanse los robadores.)

CRESPO. ¿Qué importará, si está muerto
mi honor, el quedar yo vivo!
¡Ah! ¡quién tuviera una espada!
Porque sin armas seguirlos
es en vano; y si brioso
a ir por ella me aplico,
los he de perder de vista.
¿Qué he de hacer, hados esquivos,
que de cualquiera manera
es uno solo el peligro?

ESCENA VIGESIMOCUARTA

(Sale INÉS, *con una espada.)*

INÉS. Ya tienes aquí la espada.
CRESPO. A buen tiempo la has traído.
Ya tengo honra, pues tengo
espada con que seguiros. *(Vanse.)*

[Campo.]

ESCENA VIGESIMOQUINTA

(CRESPO, *riñendo con el* SARGENTO, REBOLLEDO *y los soldados.*)

CRESPO. Soltad la presa, traidores
cobardes, que habéis cogido;
que he de cobrarla, o la vida
he de perder.

SARGENTO. Vano ha sido
tu intento, que somos muchos.

CRESPO. Mis males son infinitos,
y riñen todos por mí... *(Cae.)*
—Pero la tierra que piso,
me ha faltado.

REBOLLEDO. Dadle muerte.

SARGENTO. Mirad que es rigor impío
quitarle vida y honor.
Mejor es en lo escondido
del monte dejarle atado,
por que no lleve el aviso.

ISABEL. *(Dentro.)* ¡Padre y señor!

CRESPO. ¡Hija mía!

REBOLLEDO. Retírale como has dicho.

CRESPO. Hija, solamente puedo
seguirte con mis supiros. *(Llévanle.)*

ESCENA VIGESIMOSEXTA

ISABEL. *(Dentro.)* ¡Ay de mí!

JUAN. *(Salendo.)* ¡Qué triste voz!

CRESPO. *(Dentro.)* ¡Ay de mí

JUAN. ¡Mortal gemido!
a la entrada dese monte
cayó mi rocín conmigo,
veloz corriendo, y yo ciego

por la maleza le sigo.
Tristes voces a una parte,
y a otra míseros gemidos
escucho, que no conozco,
porque llegan mal distintos.
Dos necesidades son
las que apellidan[9] a gritos
mi valor; y pues iguales
a mi parecer han sido,
y uno es hombre, otro mujer,
a seguir ésta me animo;
que así obedezco a mi padre
en dos cosas que me dijo:
«Reñir con buena ocasión,
y honrar la mujer», pues miro
que así honro las mujeres,
y con buena ocasión riño.

---

[9] *apellidar*: 'clamar'.

JORNADA TERCERA

[Interior de un monte.]

ESCENA PRIMERA

(ISABEL, *llorando.)*

ISABEL.

Nunca amanezca a mis ojos
la luz hermosa del día,
por que a su sombra no tenga
vergüenza yo de mí misma.
¡Oh tú, de tantas estrellas
Primavera fugitiva,
no des lugar a la aurora,
que tu azul campaña pisa,
para que con risa y llanto
borre tu apacible vista,
o ya que ha de ser, que sea
con llanto, mas no con risa!
Deténte, oh mayor planeta,
más tiempo en la espuma fría
del mar: deja que una vez
dilate la noche esquiva
su trémulo imperio: deja
que de tu deidad se diga,
atenta a mis ruegos, que es
voluntaria y no precisa.
¿Para qué quieres salir
a ver en la historia mía
la más enorme maldad,
la más fiera tiranía
que en vergüenza de los hombres
quiere el cielo que se escriba?

Mas ¡ay de mí! que parece
que es crueldad tu tiranía;
pues desde que te he rogado
que te detuvieses, miran
mis ojos tu faz hermosa
descollarse por encima
de los montes. ¡Ay de mí!
Que acosada y perseguida
de tantas penas, de tantas
ansias, de tantas impías
fortunas, contra mi honor
se han conjurado tus iras.
¿Qué he de hacer? ¿Dónde he de ir?
Si a mi casa determinan
volver mis erradas plantas,
será dar nueva mancilla
al anciano padre mío,
que otro bien, otra alegría
no tuvo, sino mirarse
en la clara luna limpia
de mi honor, que hoy ¡desdichado!
tan torpe mancha le eclipsa.
Si dejo, por su respeto
y mi temor afligida,
de volver a casa, dejo
abierto el paso a que digan
que fui cómplice en mi infamia;
y ciega y inadvertida
vengo a hacer de la inocencia
acreedora a la malicia.
¡Qué mal hice, qué mal hice
de escaparme fugitiva
de mi hermano! ¿No valiera
más que su cólera altiva
me diera la muerte, cuando
llegó a ver la suerte mía?
Llamarle quiero, que vuelva
con saña más vengativa
y me dé muerte: confusas
voces el eco repita,
diciendo...

Escena segunda

Crespo. (*Dentro.*) Vuelve a matarme.
Serás piadoso homicida;
que no es piedad el dejar
a un desdichado con vida.

Isabel. ¿Qué voz es ésta, que mal
pronunciada y poco oída
no se deja conocer?

Crespo. (*Dentro.*) Dadme muerte, si os obliga
ser piadosos.

Isabel. ¡Cielos, cielos!
Otro la muerte apellida[1],
otro desdichado hay más
que hoy a pesar suyo viva.

(*Aparta unas ramas, y descúbrese* Crespo *atado.*)

Mas ¿qué es lo que ven mis ojos?

Crespo. Si piedades solicita
cualquiera que aqueste monte
temerosamente pisa,
llegue a dar muerte... Mas ¡cielos!
¿Qué es lo que mis ojos miran?

Isabel. Atadas atrás las manos
a una rigurosa encina...

Crespo. Enterneciendo los cielos
con las voces que apellida...

Isabel. ...mi padre está.

Crespo. Mi hija veo.

Isabel. ¡Padre y señor!

Crespo. Hija mía,
llégate, y quita estos lazos.

Isabel. No me atrevo; que si quitan
los lazos que te aprisionan
una vez las manos mías,
no me atreveré, señor,

---

[1] *apellidar:* 'clamar'.

a contarte mis desdichas,
a referirte mis penas;
porque sí una vez te miras
con manos, y sin honor,
me darán muerte tus iras;
y quiero, antes que lo veas,
referirte mis fatigas.

CRESPO. Deténte, Isabel, deténte,
no prosigas; que hay desdichas
que, para contarlas, no
es menester referirlas.

ISABEL. Hay muchas cosas que sepas,
y es forzoso que al decirlas
tu valor se irrite, y quieras
vengarlas antes de oírlas.
—Estaba anoche gozando
la seguridad tranquila
que al abrigo de tus canas
mis años me prometían,
cuando aquellos embozados
traidores (que determinan
que lo que el honor defiende
el atrevimiento rinda)
me robaron: bien así
como de los pechos quita
carnicero hambriento lobo
a la simple corderilla.
Aquel Capitán, aquel
huésped ingrato, que el día
primero introdujo en casa
tan nunca esperada cisma
de traiciones y cautelas,
de pendencias y rencillas,
fue el primero que en sus brazos
me cogió, mientras le hacían
espaldas otros traidores
que en su bandera militan.
Aqueste intrincado, oculto
monte, que está a la salida
del lugar, fue su sagrado:
¿cuándo de la tiranía
no son sagrado los montes?

Aquí ajena de mí misma
dos veces me miré, cuando
aun tu voz, que me seguía,
me dejó; porque ya el viento,
a quien tus acentos fías,
con la distancia, por puntos
adelgazándose iba:
de suerte, que las que eran
antes razones distintas,
no eran voces, sino ruido;
luego, en el viento esparcidas,
no eran voces, sino ecos
de unas confusas noticias;
como aquél que oye un clarín,
que cuando dél se retira,
le queda por mucho rato,
si no el ruido, la noticia.
El traidor, pues, en mirando
que ya nadie hay que le siga,
que ya nadie hay que me ampare,
porque hasta la luna misma
ocultó entre pardas sombras,
o cruel o vengativa,
aquella ¡ay de mí! prestada
luz que del sol participa,
pretendió ¡ay de mí otra vez
y otras mil! con fementidas[2]
palabras, buscar disculpa
a su amor. ¿A quién no admira
querer de un instante a otro
hacer la ofensa caricia?
¡Mal haya el hombre, mal haya
el hombre que solicita
por fuerza ganar un alma,
pues no advierte, pues no mira
que las victorias de amor
no hay trofeo en que consistan,
sino en granjear el cariño
de la hermosura que estiman!
Porque querer sin el alma

[2] *fementidas:* 'engañosas'.

una hermosura ofendida
es querer a una mujer
hermosa, pero no viva.
¡Qué ruegos, qué sentimientos,
ya de humilde, ya de altiva,
no le dije! Pero en vano,
pues (calle aquí la voz mía)
soberbio (enmudezca el llanto),
atrevido (el pecho gima),
descortés (lloren los ojos),
fiero (ensordezca la envidia),
tirano (falte el aliento),
osado (luto me vista),
y si lo que la voz yerra,
tal vez con la acción se explica,
de vergüenza cubro el rostro,
de empacho lloro ofendida,
de rabia fuerzo las manos,
el pecho rompo de ira:
entiende tú las acciones,
pues no hay voces que lo digan;
baste decir que a las quejas
de los vientos repetidas,
en que ya no pedía al cielo
socorro, sino justicia,
salió el alba, y con el alba,
trayendo la luz por guía,
sentí ruido entre unas ramas:
vuelvo a mirar quién sería,
y veo a mi hermano. ¡Ay cielos!
¿Cuándo, cuándo ¡ah suerte impía!
llegaron a un desdichado
los favores más aprisa?
Él a la dudosa luz,
que, si no alumbra, ilumina,
reconoce el daño, antes
que ninguno se le diga;
que son linces los pesares
que penetran con la vista.
Sin hablar palabra, saca
el acero que aquel día
le ceñiste: el Capitán

que el tardo socorro mira
en mi favor, contra el suyo
saca la blanca cuchilla:
cierra el uno con el otro;
éste repara, aquél tira;
y yo, en tanto que los dos
generosamente lidian,
viendo temerosa y triste
que mi hermano no sabía
si tenía culpa o no,
por no aventurar mi vida
en la disculpa, la espalda
vuelvo, y por la entretejida
maleza del monte huyo;
pero no con tanta prisa
que no hiciese de unas ramas
intrincadas celosías,
porque deseaba, señor,
saber lo mismo que huía.
A poco rato, mi hermano
dio al Capitán una herida:
cayó, quiso asegundarle[3],
cuando los que ya venían
buscando a su capitán
en su venganza se irritan.
Quiere defenderse; pero
viendo que era una cruadrilla,
corre veloz; no le siguen,
porque todos determinan
más acudir al remedio
que a la venganza que incitan.
En brazos al Capitán
volvieron hacia la villa;
sin mirar en su delito;
que en las penas sucedidas,
acudir determinaron
primero a la más precisa.
Yo, pues, que atenta miraba
eslabonadas y asidas
unas ansias de otras ansias,

---

[3] *asegundarle:* 'volver a herirlo'.

ciega, confusa y corrida,
discurrí, bajé, corrí,
sin luz, sin norte, sin guía,
monte, llano y espesura,
hasta que a tus pies rendida
antes que me des la muerte
te he contado mis desdichas.
Ahora que ya las sabes,
rigurosamente anima
contra mi vida el acero,
el valor contra mi vida;
que ya para que me mates
aquestos lazos te quitan *(Le desata.)*
mis manos: alguno dellos
mi cuello infeliz oprima.
Tu hija soy, sin honra estoy,
y tú libre: solicita
con mi muerte tu alabanza,
para que de ti se diga
que por dar vida a tu honor
diste la muerte a tu hija.

CRESPO. Álzate, Isabel, del suelo;
no, no estés más de rodillas;
que a no haber estos sucesos
que atormenten y que aflijan,
ociosas fueran las penas,
sin estimación las dichas.
Para los hombres se hicieron,
y es menester que se impriman
con valor dentro del pecho.
Isabel, vamos aprisa:
demos la vuelta a mi casa;
que este muchacho peligra,
y hemos menester hacer
diligencias exquisitas
por saber dél y ponerle
en salvo.

ISABEL. *(Aparte.* Fortuna mía,
o mucha cordura, o mucha
cautela es esta.)

CRESPO. Camina. *(Vanse.)*

[Calle a la entrada del pueblo.]

ESCENA TERCERA

(CRESPO, ISABEL.)

CRESPO. ¡Vive Dios, que si la fuerza
y necesidad precisa
de curarse, hizo volver
al Cápitán a la villa,
que pienso que le está bien
morirse de aquella herida,
por excusarse de otra
¡y otras mil! que el ansia mía
no ha de parar hasta darle
la muerte. Ea, vamos, hija,
a nuestra casa.

ESCENA CUARTA

(*Sale un* ESCRIBANO.)

ESCRIBANO. ¡Oh, señor
Pedro Crespo! dadme albricias.
CRESPO. ¡Albricias! ¿De qué, escribano?
ESCRIBANO. El concejo aqueste día
os ha hecho alcalde, y tenéis
para estrena de justicia
dos grandes acciones hoy:
la primera es la venida
del rey, que estará hoy aquí
o mañana en todo el día,
según dicen; es la otra,
que ahora han traído a la villa
de secreto unos soldados
a curarse con gran prisa
a aquel Capitán, que ayer
tuvo aquí su compañía.
Él no dice quién le hirió;

pero si esto se averigua,
será una gran causa.

CRESPO. (*Aparte.* ¡Cielos!
¡Cuando vengarse imagina,
me hace dueño de mi honor
la vara de la justicia!
¿Cómo podré delinquir
yo, si en esta hora misma
me ponen a mí por juez
para que otros no delincan?
Pero cosas como aquestas
no se ven con tanta prisa.)
En extremo agradecido
estoy a quien solicita
honrarme.

ESCRIBANO. Vení a la casa
del concejo, y recibida
la posesión de la vara,
haréis en la causa misma
averiguaciones.

CRESPO. Vamos.—
A tu casa te retira. (*A* ISABEL.)

ISABEL. ¡Duélase el cielo de mí!
¿No ha de acompañarte?

CRESPO. Hija,
ya tenéis al padre alcalde:
él os guardará justicia. (*Vanse.*)

[Alojamiento del Capitán.]

ESCENA QUINTA

(*El* CAPITÁN, *con banda, como herido; el* SARGENTO.)

CAPITÁN. Pues la herida no era nada,
¿por qué me hicisteis volver
aquí?

SARGENTO. ¿Quién pudo saber
lo que era antes de curada?

Ya la cura prevenida,
hemos de considerar
que no es bien aventurar
hoy la vida por la herida.
¿No fuera mucho peor
que te hubieras desangrado?

CAPITÁN. Puesto que ya estoy curado,
detenernos será error.
Vámonos antes que corra
voz de que estamos aquí.
¿Están ahí los otros?

SARGENTO. Sí.

CAPITÁN. Pues la fuga nos socorra
del riesgo destos villanos;
que si se llega a saber
que estoy aquí, habrá de ser
fuerza apelar a las manos.

ESCENA SEXTA

(*Sale* REBOLLEDO.)

REBOLLEDO. La justicia aquí se ha entrado.

CAPITÁN. ¿Qué tiene que ver conmigo
justicia ordinaria?

REBOLLEDO. Digo
que ahora hasta aquí ha llegado.

CAPITÁN. Nada me puede a mí estar
mejor: llegando a saber
que estoy aquí, no hay temer
a la gente del lugar;
que la justicia, es forzoso
remitirme en esta tierra
a mi consejo de guerra:
con que, aunque el lance es penoso,
tengo mi seguridad.

REBOLLEDO. Sin duda se ha querellado
el villano.

CAPITÁN. Eso he pensado.

ESCENA SÉPTIMA

CRESPO. *(Dentro.)* Todas las puertas tomad,
y no me salga de aquí
soldado que aquí estuviere;
y al que salirse quisiere,
matadle.

CAPITÁN. Pues ¿cómo así
entráis? *(Ap.* Mas ¡qué es lo que veo!)

(Sale PEDRO CRESPO *con vara, y labradores con él.)*

CRESPO. ¿Cómo no? A mi parecer,
la justicia ¿ha menester
más licencia?

CAPITÁN. A lo que creo,
la justicia (cuando vos
de ayer acá lo seáis)
no tiene, si lo miráis,
que ver conmigo.

CRESPO. Por Dios,
señor, que no os alteréis;
que sólo a una diligencia
vengo, con vuestra licencia,
aquí, y quc solo os quedéis
importa.

CAPITÁN. *(Al* SARGENTO *y a* REBOLLEDO.)
Salíos de aquí.

CRESPO. *(A los labradores.)*
Salíos vosotros también.
(Aparte. al ESCRIBANO.)
Con esos soldados ten
gran cuidado.)

ESCRIBANO. Harélo así.

(Vanse los labradores, el SARGENTO, REBOLLEDO *y el* ESCRIBANO.)

ESCENA OCTAVA

CRESPO. Ya que yo, como justicia,
me valí de su respeto
para obligaros a oírme,
la vara a esta parte dejo,
y como un hombre no más
deciros mis penas quiero:
(Arrima la vara.)
Y puesto que estamos solos,
señor don Álvaro, hablemos
más claramente los dos,
sin que tantos sentimientos
como han estado encerrados
en las cárceles del pecho
acierten a quebrantar
las prisiones del silencio.
Yo soy un hombre de bien,
que a escoger mi nacimiento
no dejara (es Dios testigo)
un escrúpulo, un defecto
en mí, que suplir pudiera
la ambición de mi deseo:
Siempre acá entre mis iguales
me he tratado con respeto:
de mí hacen estimación
el cabildo y el concejo.
Tengo muy bastante hacienda,
porque no hay, gracias al cielo,
otro labrador más rico
en todos aquestos pueblos
de la comarca; mi hija
se ha criado, a lo que pienso,
con la mejor opinión,
virtud y recogimiento
del mundo: tal madre tuvo,
téngala Dios en el cielo.
Bien pienso que bastará,
señor, para abono desto,
el ser rico, y no haber quien
me murmure; ser modesto,

y no haber quien me baldone[4],
y mayormente, viviendo
en un lugar corto, donde
otra falta no tenemos
más que saber unos de otros
las faltas y los defectos
¡y pluguiera a Dios, señor,
que se quedara en saberlos!
Si es muy hermosa mi hija,
díganlo vuestros extremos...
aunque pudiera, al decirlo,
con mayores sentimientos
llorarlo, porque esto fue
mi desdicha. –No apuremos
toda la ponzoña el vaso;
quédese algo al sufrimiento.–
No hemos de dejar, señor,
salirse con todo al tiempo;
algo hemos de hacer nosotros
para cubrir sus defectos.
Éste ya veis si es bien grande:
pues aunque encubrirle quiero,
no puedo; que sabe Dios
que, a poder estar secreto
y sepultado en mí mismo,
no viniera a lo que vengo;
que todo esto remitiera,
por no hablar, al sufrimiento.
Deseando, pues, remediar
agravio tan manifiesto,
buscar remedio a mi afrenta
es venganza, no es remedio:
y vagando de uno en otro,
uno solamente advierto,
que a mí me está bien, y a vos
no mal; y es que desde luego
os toméis toda mi hacienda,
sin que para mi sustento
ni el de mi hijo (a quien yo
traeré a echar a los pies vuestros)

[4] *baldonar*: 'injuriar'.

reserve un maravedí,
sino quedarnos pidiendo
limosna, cuando no haya
otro camino, otro medio
con que poder sustentarnos.
Y si queréis desde luego
poner una S y un clavo
hoy a los dos y vendernos,
será aquesta cantidad
más del dote que os ofrezco.
Restaurad una opinión
que habéis quitado. No creo
que desluzcáis vuestro honor,
porque los merecimientos
que vuestros hijos, señor,
perdieren por ser mis nietos,
ganarán con más ventaja,
señor, por ser hijos vuestros.
En Castilla, el refrán dice
que el caballo (y es lo cierto)
lleva la silla. Mirad *(De rodillas.)*
que a vuestros pies os lo ruego
de rodillas, y llorando
sobre estas canas, que el pecho,
viendo nieve y agua, piensa
que se me están derritiendo.
¿Qué os pido? Un honor os pido,
que me quitasteis vos mesmo;
y con ser mío, parece,
según os le estoy pidiendo
con humildad, que no es mío
lo que os pido, sino vuestro.
Mirad que puedo tomarle
por mis manos, y no quiero,
sino que vos me le deis.

CAPITÁN. Ya me falta el sufrimiento.
Viejo cansado y prolijo,
agradeced que no os doy
la muerte a mis manos hoy,
por vos y por vuestro hijo;
porque quiero que debáis
no andar con vos más cruel

a la beldad de Isabel.
Si vengar solicitáis
por armas vuestra opinión,
poco tengo que temer;
si por justicia ha de ser,
no tenéis jurisdicción.

CRESPO. ¿Que en fin no os mueve mi llanto?

CAPITÁN. Llanto no se ha de creer
de viejo, niño y mujer.

CRESPO. ¡Que no pueda dolor tanto
mereceros un consuelo!

CAPITÁN. ¿Qué más consuelo queréis,
pues con la vida volvéis?

CRESPO. Mirad que echado en el suelo
mi honor a voces os pido.

CAPITÁN. ¡Qué enfado!

CRESPO. Mirad que soy
Alcalde en Zalamea hoy.

CAPITÁN. Sobre mí no habéis tenido
jurisdicción: el consejo
de guerra enviará por mí.

CRESPO. ¿En eso os resolvéis?

CAPITÁN. Sí,
caduco y cansado viejo.

CRESPO. ¿No hay remedio?

CAPITÁN. Sí, el callar
es el mejor para vos.

CRESPO. ¿No otro?

CAPITÁN. No.

CRESPO. Pues juro a Dios
que me lo habéis de pagar.—
¡Hola!

(Levántase y toma la vara.)

ESCENA NOVENA

UN LABRADOR. *(Dentro.)* ¡Señor!

CAPITÁN. ¿Qué querrán
estos villanos hacer?

(Salen los labradores.)

LABRADORES. ¿Qué es lo que mandas?
CRESPO. Prender
mando al señor Capitán.
CAPITÁN. ¡Buenos son vuestros extremos!
Con un hombre como yo.
y en servicio del rey, no
se puede hacer.
CRESPO. Probaremos.
De aquí, si no es preso o muerto,
no saldréis.
CAPITÁN. Yo os apercibo
que soy un capitán vivo.
CRESPO. ¿Soy yo acaso alcalde muerto?
Daos al instante a prisión.
CAPITÁN. No me puedo defender:
fuerza es dejarme prender.
Al rey desta sinrazón
me quejaré.
CRESPO. Yo también
de esotra: —y aun bien que está
cerca de aquí, y nos oirá
a los dos.— Dejor es bien
esa espada.
CAPITÁN. No es razón
que...
CRESPO. ¿Cómo no, si vais preso?
CAPITÁN. Tratad con respeto...
CRESPO. Eso
esta muy puesto en razón:
con respeto le llevad
a las casas, en efeto,
del concejo; y con respeto
un par de grillos le echad
y una cadena; y tened,
con respeto, gran cuidado
que no hable a ningún soldado;
y a esos dos también poned
en la cárcel, que es razón,
y aparte, por que después,
con respeto, a todos tres
les tomen la confesión.
Y aquí, para entre los dos,

si hallo harto paño, en efeto,
con muchísimo respeto
os he de ahorcar, juro a Dios.

CAPITÁN. ¡Ah villanos con poder!

(Vanse los labradores con el CAPITÁN.*)*

ESCENA DÉCIMA

(Salen REBOLLEDO, *la* CHISPA *y el* ESCRIBANO.*)*

ESCRIBANO. Este paje, este soldado
son a los que mi cuidado
sólo ha podido prender;
que otro se puso en huida.

CRESPO. Este el pícaro es que canta;
con un paso de garganta
no ha de hacer otro en su vida.

REBOLLEDO. ¿Pues qué delito es, señor,
el cantar?

CRESPO. Que es virtud siento,
y tanto, que un instrumento
tengo en que cantéis mejor.
Resolveos a decir...

REBOLLEDO. ¿Qué?

CRESPO. ...cuanto anoche pasó,

REBOLLEDO. Tu hija mejor que yo
lo sabe.

CRESPO. O has de morir.

CHISPA. *(Aparte a él.)* Rebolledo, determina
negarlo punto por punto:
serás, si niegas, asunto
para una jacarandina
que cantaré.

CRESPO. A vos después
también os harán cantar.

CHISPA. A mí no me pueden dar
tormento.

CRESPO. Sepamos, pues,
¿por qué?

CHISPA. Eso es cosa asentada,

y que no hay ley que tal mande.
CRESPO. ¿Qué causa tenéis?
CHISPA. Bien grande.
CRESPO. Decid ¿cuál?
CHISPA. Estoy preñada.
CRESPO. ¿Hay cosa más atrevida?
Mas la cólera me inquieta.
¿No sois paje de jineta?
CHISPA. No, señor, sino de brida.
CRESPO. Resolveos a decir
vuestros dichos.
CHISPA. Sí diremos
aún más de lo que sabemos;
que peor será morir.
CRESPO. Eso excusará a los dos
del tormento.
CHISPA. Si es así,
pues para cantar nací,
he de cantar, vive Dios: *(Canta.)*

Tormento me quieren dar.

REBOLLEDO. *(Canta.)*

¿Y qué quieren darme a mí?

CRESPO. ¿Qué hacéis?
CHISPA. Templar desde aquí,
pues que vamos a cantar. *(Vanse.)*

[Sala en casa de Crespo.]

ESCENA UNDÉCIMA

JUAN. Desde que al traidor herí
en el monte, desde que
riñendo con él (por que
llegaron tantos) volví
la espalda, el monte he corrido,
la espesura he penetrado,

y a mi hermana no he encontrado.
En efecto, me he atrevido
a venirme hasta el lugar
y entrar dentro de mi casa,
donde todo lo que pasa
a mi padre he de contar.
Veré lo que me aconseja
que haga ¡cielos! en favor
de mi vida y de mi honor.

ESCENA DUODÉCIMA

(Salen INÉS *e* ISABEL, *muy tristes.)*

INÉS. Tanto sentimiento deja;
que vivir tan afligida
no es vivir, matarte es.

ISABEL. ¿Pues quién te ha dicho ¡ay Inés!
que no aborrezco la vida?

JUAN. Diré a mi padre... *(Aparte.* ¡Ay de mí!
¿No es esta Isabel? Es llano;
pues ¿qué espero?) *(Saca la daga.)*

INÉS. ¡Primo!

ISABEL. ¡Hermano!
¿Qué intentas?

JUAN. Vengar así
la ocasión en que hoy has puesto
mi vida y mi honor.

ISABEL. Advierte...

JUAN. ¡Tengo de darte la muerte,
viven los cielos!

ESCENA DECIMOTERCERA

(Salen PEDRO CRESPO *y labradores.)*

CRESPO. ¿Qué es esto?

JUAN. Es satisfacer, señor,
una injuria, y es vengar
una ofensa y castigar...

CRESPO. Basta, basta; que es error
que os atreváis a venir...
JUAN. ¿Qué es lo que mirando estoy?
CRESPO. ...delante así de mí hoy,
acabando ahora de herir
en el monte un capitán.
JUAN. Señor, si le hice esa ofensa,
que fue en honrada defensa
de tu honor...
CRESPO. Ea, basta, Juan.–
Hola, llevadle también
preso.
JUAN. ¿A tu hijo, señor,
tratas con tanto rigor?
CRESPO. Y aun a mi padre también
con tal rigor le tratara.
(*Aparte.* Aquesto es asegurar
su vida, y han de pensar
que es la justicia más rara
del mundo.)
JUAN. Escucha por qué,
habiendo un traidor herido,
a mi hermana he pretendido
matar también.
CRESPO. Ya lo sé;
pero no basta sabello
yo como yo; que ha de ser
como alcalde, y he de hacer
información sobre ello.
Y hasta que conste qué culpa
te resulta del proceso,
tengo de tenerte preso.
(*Aparte.* Yo le hallaré la disculpa.)
JUAN. Nadie entender solicita
tu fin, pues sin honra ya,
prendes a quien te la da,
guardando a quien te la quita.

(*Llévanle preso.*)

ESCENA DECIMOCUARTA

CRESPO. Isabel, entra a firmar
esta querella que has dado
contra aquel que te ha injuriado.
ISABEL. Tú, que quisiste ocultar
la ofensa que el alma llora,
¡así intentas publicarla!
Pues no consigues vengarla,
consigue el callarla ahora...
CRESPO. No: ya que como quisiera
me quita esta obligación
satisfacer mi opinión,
ha de ser desta manera. *(Vase* ISABEL.)
Inés, pon ahí esa vara;
que pues por bien no ha querido
ver el caso concluido,
querrá por mal. *(Vase* INÉS.)

ESCENA DECIMOQUINTA

DON LOPE. *(Dentro.)* Para, para.
CRESPO. ¿Qué es aquesto? ¿Quién, quién hoy
se apea en mi casa así?
¿Pero quién se ha entrado aquí?

(Salen DON LOPE *y soldados.)*

DON LOPE. ¡Oh, Pedro Crespo! Yo soy;
que volviendo a este lugar
de la mitad del camino
(donde me trae, imagino,
un grandísimo pesar),
no era bien ir a apearme
a otra parte, siendo vos
tan mi amigo.
CRESPO. Guárdeos Dios;
que siempre tratáis de honrarme.
DON LOPE. Vuestro hijo no ha parecido
por allá.

CRESPO. Presto sabréis
la ocasión: la que tenéis,
señor, de haberos venido,
me haced merced de contar;
que venís mortal, señor.

DON LOPE. La desvergüenza es mayor
que se puede imaginar.
Es el mayor desatino
que hombre ninguno intentó.
Un soldado me alcanzó
y me dijo en el camino...
Que estoy perdido, os confieso,
de cólera.

CRESPO. Proseguí.

DON LOPE. Que un alcaldillo de aquí
al Capitán tiene preso.
Y ¡vive Dios! no he sentido
en toda aquesta jornada
esta pierna excomulgada,
si no es hoy, que me ha impedido
el haber antes llegado
donde el castigo le dé.
¡Vive Jesucristo, que
al grande desvergonzado
a palos le he de matar!

CRESPO. Pues habéis venido en balde,
porque pienso que el alcalde
no se los dejará dar.

DON LOPE. Pues dárselos, sin que deje
dárselos.

CRESPO. Malo lo veo;
ni que haya en el mundo creo
quien tan mal os aconseje.
¿Sabéis por qué le prendió?

DON LOPE. No; mas sea lo que fuere,
justicia la parte espere
de mí; que también sé yo
degollar, si es necesario.

CRESPO. Vos no debéis de alcanzar,
señor, lo que en un lugar
es un alcalde ordinario.

DON LOPE. ¿Será más que un villanote?

CRESPO. Un villanote será,
que si cabezudo da
en que ha de darle garrote,
por Dios, se salga con ello.

DON LOPE. No se saldrá tal, por Dios;
y si por ventura vos,
si sale o no, queréis vello,
decid dónde vive o no.

CRESPO. Bien cerca vive de aquí.

DON LOPE. Pues a decirme vení
quién es el alcalde.

CRESPO. Yo.

DON LOPE. ¡Vive Dios, que si sospecho!...

CRESPO. ¡Vive Dios, como os lo he dicho!

DON LOPE. Pues, Crespo, lo dicho dicho.

CRESPO. Pues, señor, lo hecho hecho.

DON LOPE. Yo por el preso he venido
y a castigar este exceso.

CRESPO. Pues yo acá le tengo preso
por lo que acá ha sucedido.

DON LOPE. ¿Vos sabéis que a servir pasa
al rey, y soy su juez yo?

CRESPO. ¿Vos sabéis que me robó
a mi hija de mi casa?

DON LOPE. ¿Vos sabéis que mi valor
dueño desta causa ha sido?

CRESPO. ¿Vos sabéis cómo atrevido
robó en un monte mi honor?

DON LOPE. ¿Vos sabéis cuánto os prefiere
el cargo que he gobernado?

CRESPO. ¿Vos sabéis que le he rogado
con la paz, y no la quiere?

DON LOPE. Que os entráis, es bien se arguya,
en otra jurisdicción.

CRESPO. El se me entró en mi opinión,
sin ser jurisdicción suya.

DON LOPE. Yo sabré satisfacer,
obligándome a la paga.

CRESPO. Jamás pedí a nadie que haga
lo que yo me puedo hacer.

DON LOPE. Yo me he de llevar al preso.
Ya estoy en ello empeñado.

CRESPO. Yo por acá he sustanciado
el proceso.

DON LOPE. ¿Qué es proceso?

CRESPO. Unos pliegos de papel
que voy juntando, en razón
de hacer la averiguación
de la causa.

DON LOPE. Iré por él,
a la cárcel.

CRESPO. No embarazo
que vais: sólo se repare
que hay orden que al que llegare
le den un arcabuzazo.

DON LOPE. Como esas balas estoy
enseñado yo a esperar.
Mas no se ha de aventurar
nada en esta acción de hoy.–
Hola, soldado, id volando,
y a todas las compañías
que alojadas estos días
han estado y van marchando,
decid que bien ordenadas
lleguen aquí en escuadrones,
con balas en los cañones
y con las cuerdas caladas.

CRESPO. No fue menester llamar
la gente; que habiendo oído
aquesto que ha sucedido,
se han entrado en el lugar.

DON LOPE. Pues vive Dios, que he de ver
si me dan el preso o no.

CRESPO. Pues vive Dios, que antes yo
haré lo que se ha de hacer. *(Vanse.)*

[Sala de la cárcel.]

ESCENA DECIMOSEXTA

(DON LOPE, *el* ESCRIBANO, *soldados,* CRESPO, *todos dentro. Suenan cajas.)*

DON LOPE. Esta es la cárcel, soldados,
adonde está el Capitán:
si no os le dan, al momento
poned fuego y la abrasad,
y si se pone en defensa
el lugar, todo el lugar.

ESCRIBANO. Ya, aunque la cárcel enciendan,
no han de darle libertad.

SOLDADOS. Mueran aquestos villanos.

CRESPO. ¿Qué mueran? Pues ¡qué! ¿no hay más?

DON LOPE. Socorro les ha venido.
Romped la cárcel: llegad,
romped la puerta.

ESCENA DECIMOSÉPTIMA

(Salen los soldados y DON LOPE *por un lado; y por otro, el* REY, CRESPO, *labradores y acompañamiento.)*

REY. ¿Qué es esto?
Pues ¡desta manera estáis,
viniendo yo!

DON LOPE. Esta es, señor,
la mayor temeridad
de un villano, que vio el mundo,
y vive Dios, que a no entrar
en el lugar tan aprisa,
señor, Vuestra Majestad,
que había de hallar luminarias
puestas por todo el lugar.

Escena de «El alcalde de Zalamea», en el teatro Español, de Madrid, en 1965

Foto Gyenes.

REY. ¿Qué ha sucedido?

DON LOPE. Un alcalde
ha prendido un capitán
y viniendo yo por él
no le quieren entregar.

REY. ¿Quién es el alcalde?

CRESPO. Yo.

¿Y qué disculpa me dais?

CRESPO. Este proceso, en que bien
probado el delito está,
digno de muerte, por ser
una doncella robar,
forzarla en un despoblado,
y no quererse casar
con ella, habiendo su padre
rogádole con la paz.

DON LOPE. Este es el alcalde, y es
su padre.

CRESPO. No importa en tal
caso, porque si un extraño
se viniera a querellar
¿no había de hacer justicia?
Sí; ¿pues que más se me da
hacer por mi hija lo mismo
que hiciera por los demás?
Fuera de que, como he preso
un hijo mío, es verdad
que no escuchara a mi hija,
pues era la sangre igual...
Mírese si está bien hecha
la causa, miren si hay
quien diga que yo haya hecho
en ella alguna maldad,
si he inducido algún testigo,
si está escrito algo de más
de lo que yo he dicho, y entonces
me den muerte.

REY. Bien está
sentenciado; pero vos
no tenéis autoridad
de ejecutar la sentencia
que toca a otro tribunal.

Allí hay justicia, y así
remitid el preso.

CRESPO. Mal.
podré, señor, remitirle;
porque como por acá
no hay más que sola una audiencia,
cualquiera sentencia que hay
la ejecuta ella, y así
está ejecutada ya.

REY. ¿Qué decís?

CRESPO. Si no creéis
que es esto, señor, verdad,
volved los ojos, y vedlo.
Aqueste es el Capitán.

(Abren una puerta, y aparece dado garrote en una silla el CAPITÁN.)

REY. ¿Pues cómo así os atrevisteis?...

CRESPO. Vos habéis dicho que está
bien dada aquesta sentencia:
luego esto no está hecho mal.

REY. El consejo ¿no supiera
la sentencia ejecutar?

CRESPO. Toda la justicia vuestra
es sólo un cuerpo no más;
si éste tiene muchas manos,
decid ¿qué más se me da
matar con aquesta un hombre
que estotra había de matar?
Y ¿qué importa errar lo menos
quien ha acertado lo más?

REY. Pues ya que aquesto es así,
¿por qué, como a capitán
y caballero, no hicisteis
degollarle?

CRESPO. ¿Eso dudáis?
Señor, como los hidalgos
viven tan bien por acá,
el verdugo que tenemos
no ha aprendido a degollar.
Y esa es querella del muerto,

que toca a su autoridad,
y hasta que él mismo se queje
no les toca a los demás.

REY. Don Lope, aquesto ya es hecho.
Bien dada la muerte está;
que errar lo menos no importa
si acertó lo principal.
Aquí no quede soldado
alguno, y haced marchar
con brevedad, que me importa
llegar presto a Portugal.–
Vos, por alcalde perpetuo
de aquesta villa os quedad.

CRESPO. Sólo vos a la justicia
tanto supierais honrar.

(Vase el REY *y el acompañamiento.)*

Agradeced al buen tiempo
que llegó su Majestad.

CRESPO. Por Dios, aunque no llegara,
no tenía remedio ya.

DON LOPE. ¿No fuera mejor hablarme,
dando el preso, y remediar
el honor de vuestra hija?

CRESPO. En un convento entrará;
que ha elegido y tiene Esposo
que no mira en calidad.

DON LOPE. Pues dadme los demás presos.

CRESPO. Al momento los sacad. *(Vase el* ESCRIBANO.)

(Salen REBOLLEDO, *la* CHISPA *y soldados.)*

DON LOPE. Vuestro hijo falta, por que
siendo mi soldado ya
no ha de quedar preso.

CRESPO. Quiero
también, señor, castigar
el desacato que tuvo
de herir a su capitán;
que aunque es verdad que su honor

a esto le pudo obligar,
de otra manera pudiera.

DON LOPE. Pedro Crespo, bien está.
Llamadle.

CRESPO. Ya él está aquí. (*Sale* JUAN.)

JUAN. Las plantas, señor, me dad;
que a ser vuestro esclavo iré.

REBOLLEDO. Yo no pienso ya cantar
en mi vida.

CHISPA. Pues yo sí,
cuantas veces a mirar
llegue el pesado instrumento.

CRESPO. Con que fin el autor da
a esta historia verdadera:
sus defectos perdonad.

SELECCIONES AUSTRAL

TÍTULOS PUBLICADOS

ANTONIO MACHADO
1. POESÍAS COMPLETAS
Prólogo de Manuel Alvar
424 págs. ISBN 84 239 2001-1 □□□□

RAMÓN DEL VALLE-INCLÁN
2. TIRANO BANDERAS
Introducción de Antonio Valencia
240 págs. ISBN 84 239 2002-X □□

ANTONIO BUERO VALLEJO
3. HISTORIA DE UNA ESCALERA. LAS MENINAS
Prólogo de Ricardo Doménech
238 págs. ISBN 84 239 2003-8 □□

JOSÉ BOTELLA LLUSIÁ
4. ESQUEMA DE LA VIDA DE LA MUJER
Introducción de Ramón de Garciasol
245 págs. ISBN 84 239 2004-6 □□□

MIGUEL DE CERVANTES
5. ENTREMESES
Prólogo de Francisco Ynduráin
184 págs. ISBN 84 239 2005-4 □

JUAN RAMÓN JIMÉNEZ
6. SEGUNDA ANTOLOJÍA POÉTICA (1898-1918)
Prólogo de Leopoldo de Luis
294 págs. ISBN 84 239 2006-2 □□□

JOSÉ ORTEGA Y GASSET
7. LA REBELIÓN DE LAS MASAS
Introducción de Julián Marías
264 págs. ISBN 84 239 2007-0 □□□

JUAN JACOBO ROUSSEAU
8. CONTRATO SOCIAL
Traducción de Fernando de los Ríos
Prólogo de Manuel Tuñón de Lara
168 págs. ISBN 84 239 2008-9 □

AZORÍN
9. LAS CONFESIONES DE UN PEQUEÑO FILÓSOFO
Prólogo de José María Martínez Cachero
181 págs. ISBN 84 239 2009-7 □

RAMÓN MENÉNDEZ PIDAL
10. FLOR NUEVA DE ROMANCES VIEJOS
262 págs. ISBN 84 239 2010-0 □□□

RAINER MARIA RILKE
11. EPISTOLARIO ESPAÑOL
Traducción y prólogo de Jaime Ferreiro Alemparte
344 págs. ISBN 84 239 2011-9 □□□

12. CANTAR DEL CID
Texto antiguo de Ramón Menéndez Pidal
Prosificación moderna de Alfonso Reyes
Prólogo de Martín de Riquer
335 págs. ISBN 84 239 2012-7 □□

MIGUEL DE UNAMUNO
13. DEL SENTIMIENTO TRÁGICO DE LA VIDA
Prólogo del P. Félix García
271 págs. ISBN 84 239 2013-5 □□□

SALVADOR DE MADARIAGA
14. GUÍA DEL LECTOR DEL «QUIJOTE»
Prólogo de Luis María Ansón
215 págs. ISBN 84 239 2014-3

ANTONIO BUERO VALLEJO
15. LA DOBLE HISTORIA DEL DOCTOR VALMY. MITO
Prólogo de Francisco García Pavón
243 págs. ISBN 84 239 2015-1

EUGENIO D'ORS
16. ARTE VIVO
Prólogo de Cesáreo Rodríguez Aguilera
215 págs. ISBN 84 239 2016-X

CLAUDIO SÁNCHEZ-ALBORNOZ
17. SOBRE LA LIBERTAD HUMANA EN EL REINO ASTURLEONÉS HACE MIL AÑOS
Prólogo de Julio González
199 págs. ISBN 84 239 2017-8

JULIÁN MARÍAS
18. MIGUEL DE UNAMUNO
Introducción de Juan López-Morillas
262 págs. ISBN 84 239 2018-6

PLATÓN
19. DIÁLOGOS
Traducción de Luis Roig de Lluis
Prólogo de Luis Castro Nogueira
295 págs. ISBN 84 239 2019-4

RAFAEL ALBERTI
20. POEMAS DEL DESTIERRO Y DE LA ESPERA
Selección y prólogo de J. Corredor-Matheos
312 págs. ISBN 84 239 2020-8

RENÉ DESCARTES
21. EL DISCURSO DEL MÉTODO. MEDITACIONES METAFÍSICAS
Traducción, prólogo y notas de Manuel García Morente
182 págs. ISBN 84 239 2021-6

RAMÓN GÓMEZ DE LA SERNA
22. GREGUERÍAS (Selección 1910-1960)
Prólogo de Santiago Prieto Delgado
213 págs. ISBN 84 239 2022-4

PEDRO CALDERÓN DE LA BARCA
23. LA VIDA ES SUEÑO. EL ALCALDE DE ZALAMEA
Introducción de Alberto Posqueras-Mayo
219 págs. ISBN 84 239 2023-2

FRANCISCO DE QUEVEDO
24. HISTORIA DE LA VIDA DEL BUSCÓN
Prólogo de Domingo Ynduráin
189 págs. ISBN 84 239 2024-0

LEÓN FELIPE
25. OBRA POÉTICA ESCOGIDA
Selección y Prólogo de Gerardo Diego
262 págs. ISBN 84 239 2025-9

HAROLD RALEY
26. LA VISIÓN RESPONSABLE
Traducción de César Armando Gómez
Prólogo de José Luis Pinillos
365 págs. ISBN 84 239 2026-7

GUSTAVO ADOLFO BÉCQUER
27. RIMAS Y DECLARACIONES POÉTICAS
Anotador Francisco López Estrada
272 págs. ISBN 84 239 2027-5

KARK JASPERS
28. INICIACIÓN AL MÉTODO FILOSÓFICO
Traducción de María Luisa Pérez Torres
184 págs. ISBN 84 239 2028-3

RAMÓN DEL VALLE-INCLÁN

29. FEMENINAS. EPITALAMIO
Introducción de Antonio de Zubiaurre
206 págs. ISBN 84 239 2029-1

ANTONIO GALA

30. LAS CÍTARAS COLGADAS DE LOS ÁRBOLES. ¿POR QUÉ CORRES, ULISES?
Prólogo de Enrique Llovet
212 págs. ISBN 84 239 2030-5

LEOPOLDO DE LUIS

31. VIDA Y OBRA DE VICENTE ALEIXANDRE
Prólogo de Ramón de Garciasol
237 págs. ISBN 84 239 2031-3

JOSÉ LUIS ABELLÁN

32. PANORAMA DE LA FILOSOFÍA ESPAÑOLA ACTUAL
Prólogo de Vicente Llorens
222 págs. ISBN 84 239 2032-1

JOSÉ MANUEL MINER OTAMENDI

33. LOS PUEBLOS MALDITOS
Introducción de Florencio Martínez Ruiz
160 págs. ISBN 84 239 2033-X

CARLOS SECO SERRANO

34. GODOY. EL HOMBRE Y EL POLÍTICO
Prólogo de Miguel Artola
222 págs. ISBN 84 239 2034-8

ALEJANDRO CASONA

35. FLOR DE LEYENDAS. VIDA DE FRANCISCO PIZARRO
Prólogo de Federico Carlos Sainz de Robles
242 págs. ISBN 84 239 2035-6

FERNANDO NAMORA

36. DOMINGO POR LA TARDE
Traducción y prólogo de Sol Burguete
210 págs. ISBN 84 239 2036-4

ARISTÓTELES

37. MORAL, A NICÓMACO
Traducción de Patricio de Azcárate
Prólogo de Luis Castro Nogueira
340 págs. ISBN 84 239 2037-2

ANTONIO DÍAZ-CAÑABATE

38. HISTORIA DE UNA TERTULIA
Prólogo de Francisco Umbral
286 págs. ISBN 84 239 2038-0

FEDERICO GARCÍA LORCA

39. ROMANCERO GITANO. POEMA DEL CANTE JONDO
Prólogo de José Luis Cano
220 págs. ISBN 84 239 2039-9

JOSÉ ANTONIO JÁUREGUI

40. LAS REGLAS DEL JUEGO
Prólogo de José Luis Pinillos
343 págs. ISBN 84 239 2040-2

FRANCISCO AYALA

41. LOS USURPADORES. LA CABEZA DEL CORDERO
Introducción de Andrés Amorós
340 págs. ISBN 84 239 2041-0

BALTASAR PORCEL

42. DIFUNTOS BAJO LOS ALMENDROS EN FLOR
Prólogo de José Luis L. Aranguren
244 págs. ISBN 84 239 2042-9

LOPE DE VEGA

43. EL MEJOR ALCALDE, EL REY. FUENTE OVEJUNA
Introducción de Alonso Zamora-Vicente
174 págs. ISBN 84 239 2043-7

WENCESLAO FERNÁNDEZ FLÓREZ

44. EL MALVADO CARABEL
Prólogo de Santiago Prieto Delgado
238 págs. ISBN 84 239 2044-5

BERTRAND RUSSELL

45. LA CONQUISTA DE LA FELICIDAD
Introducción de José Luis L. Aranguren
226 págs. ISBN 84 239 2045-3

ÁNGEL PALOMINO

46. PLAN MARSHALL PARA CINCUENTA MINUTOS
Prólogo de José Luis Vázquez Dodero
253 págs. ISBN 84 239 2046-1

47. LOS LAIS DE MARÍA DE FRANCIA
Introducción y traducción de Ana María Valero de Holzbacher
239 págs. ISBN 84 239 2047-X

FRANCISCO AYALA

48. EL JARDÍN DE LAS DELICIAS. EL TIEMPO Y YO
Prólogo de Carolyn Richmond
338 págs. ISBN 84 239 2048-8

ALFONSO GROSSO

49. LA ZANJA. UN CIELO DIFÍCILMENTE AZUL
Prólogo de Eduardo Mendicutti
346 págs. ISBN 84 239 2049-6

FRANCISCO UMBRAL

50. RAMÓN Y LAS VANGUARDIAS
Prólogo de Gonzalo Torrente Ballester
246 págs. ISBN 84 239 2050-X

DANTE ALIGHIERI

51. LA DIVINA COMEDIA
Prólogo de Ángel Chiclana Cardona
382 págs. ISBN 84 239 2051-8

ANTONIO BUERO VALLEJO

52. LA DETONACIÓN. LAS PALABRAS EN LA ARENA
Prólogo de Luciano García Lorenzo
217 págs. ISBN 84 239 2052-6

MARÍA TERESA LEÓN

53. UNA ESTRELLA ROJA
Prólogo de Joaquín Marco
192 págs. ISBN 84 239 2053-4

SALVADOR DE MADARIAGA

54. RETRATO DE UN HOMBRE DE PIE
Prólogo de Juan Rof Carballo
178 págs. ISBN 84 239 2054-2

RICARDO GÜIRALDES

55. DON SEGUNDO SOMBRA
Prólogo de Juan José Güiraldes
254 págs. ISBN 84 239 2055-0

LUIS MOURE-MARIÑO

56. TEMAS GALLEGOS
Prólogo de José María Castroviejo
246 págs. ISBN 84 239 2056-9

LUIS ROSALES

57. RIMAS. LA CASA ENCENDIDA
Prólogos de Dámaso Alonso y Julián Marías
200 págs. ISBN 84 239 2057-7

FÉLIX GRANDE

58. MEMORIAS DEL FLAMENCO
Tomo I. (Raíces y Prehistoria del Cante)
Prólogo de José Manuel Caballero Bonald
356 págs. ISBN 84 239 2058-5

FÉLIX GRANDE

59. MEMORIA DEL FLAMENCO
Tomo II. (Desde el café cantante a nuestros días)
438 págs. ISBN 84 239 2059-3
Obra completa: ISBN 84 239 1999-4

JUAN JACOBO ROUSSEAU

60. LAS CONFESIONES
Traducción de Pedro Vances
Introducción de Juan del Agua
548 págs. ISBN 84 239 2060-7

GILLO DORFLES

61. EL DEVENIR DE LA CRÍTICA
Traducción de Cristina Peri Rossi
Liminar de Alexandre Cirici
270 págs. ISBN 84 239 2061-5

SÖRL.V KIERKEGAARD

62. EL CONCEPTO DE LA ANGUSTIA
Introducción de José Luis L. Aranguren
189 págs. ISBN 84 239 2062-3

CLAUDIO SÁNCHEZ-ALBORNOZ

63. CONFIDENCIAS
Prólogo de Carlos Seco Serrano
251 págs. ISBN 84 239 2063-1

RAMÓN HERNÁNDEZ

64. PRESENTIMIENTO DE LOBOS
Prólogo de Ángel María de Lera
230 págs. ISBN 84 239 2064-X

GUILLERMO DÍAZ-PLAJA

65. MODERNISMO FRENTE A NOVENTA Y OCHO
Prólogo de Gregorio Marañón
372 págs. ISBN 84 239 2065-8

CLAUDIO SÁNCHEZ-ALBORNOZ

66. ESTUDIOS POLÉMICOS
Prólogo de Luis G. de Valdeavellano
328 págs. ISBN 84 239 2066-6

LEOPOLDO ALAS, «CLARÍN»

67. SU ÚNICO HIJO
Edición, introducción y notas de Carolyn Richmond
391 págs. ISBN 84 239 2067-4

GUILLERMO MORÓN

68. BREVE HISTORIA DE VENEZUELA
Prólogo de Demetrio Ramos
291 págs. ISBN 84 239 2068-2

RAFAEL ALBERTI

69. CANTO DE SIEMPRE
Selección y prólogo de J. Corredor-Matheos
299 págs. ISBN 84 239 2069-0

DUQUE DE RIVAS

70. DON ÁLVARO O LA FUERZA DEL SINO. EL DESENGAÑO EN UN SUEÑO
Prólogo de Carlos Ruiz Silva
275 págs. ISBN 84 239 2070-4

RAMÓN DE GARCIASOL

71. SEGUNDA SELECCIÓN DE MIS POEMAS
Prólogo de Antonio Buero Vallejo
323 págs. ISBN 84 239 2071-2

JORGE FERRER-VIDAL

72. VIAJE POR LA FRONTERA DEL DUERO
Prólogo de Ramón Carnicer
228 págs. ISBN 84 239 2072-0

FERNANDO DE ROJAS

73. LA CELESTINA
Prólogo y edición de Pedro M. Piñero Ramírez
360 págs. ISBN 84 239 2073-9

ÁNGEL MARÍA DE LERA

74. LOS CLARINES DEL MIEDO
Prólogo de Ramón Hernández
206 págs. ISBN 84 239 2074-7

MARTA PORTAL

75. PROCESO NARRATIVO DE LA REVOLUCIÓN MEXICANA
Prólogo de Leopoldo Zea
376 págs. ISBN 84 239 2075-5

FRANCISCO DE QUEVEDO

76. SUEÑOS Y DISCURSOS
Prólogo de Francisco Abad Nebot
208 págs. ISBN 84 239 2076-3

LUIS BERENGUER

77. EL MUNDO DE JUAN LOBÓN
Nota previa de Antonio Tovar
315 págs. ISBN 84 239 2077-1

ALFONSO BARRERA VALVERDE

78. HEREDARÁS UN MAR QUE NO CONOCES Y LENGUAS QUE NO SABES (MAMÁ ZOILA). DOS MUERTES EN UNA VIDA
Introducción de Florencio Martínez Ruiz
303 págs. ISBN 84 239 2078-X

JOSÉ MARÍA CASTROVIEJO

79. LA MONTAÑA HERIDA
Prólogo de Pedro Sainz Rodríguez
138 págs. ISBN 84 239 2079-8

LAURO OLMO

80. LA CAMISA. ENGLISH SPOKEN. JOSÉ GARCÍA
Prólogo de Luciano García Lorenzo
233 págs. ISBN 84 239 2080-1

MANUEL AZAÑA

81. LA VELADA EN BENICARLÓ
Prólogo de Manuel Andújar
Se incluye la versión teatral de José Luis Gómez y José Antonio Gabriel y Galán
231 págs. ISBN 84 239 2081-X

GABRIEL CELAYA

82. POESÍA, HOY
Prólogo de Amparo Gastón
249 págs. ISBN 84 239 2082-8

MIGUEL DELIBES

83. CINCO HORAS CON MARIO (Versión teatral)
Estudio introductorio de Gonzalo Sobejano
191 págs. ISBN 84 239 2083-6

GUILLERMO DÍAZ-PLAJA

84. FIGURAS CON UN PAISAJE AL FONDO
(De Virgilio a Carmen Conde)
Prólogo de Miguel Dolç
243 págs. ISBN 84 239 2084-4

ANTONIO GALA

85. CHARLAS CON TROYLO
Introducción de Andrés Amorós
326 págs. ISBN 84 239 2085-2

JOAQUÍN CALVO-SOTELO

86. CINCO HISTORIAS DE OPOSITORES Y ONCE HISTORIAS MÁS
Prólogo de Antonio Valencia Ramón
219 págs. ISBN 84 239 2086-0

JOSÉ LUIS ARANGUREN
87. LA FILOSOFÍA DE EUGENIO D'ORS
Prólogo de José Luis Abellán
339 págs. ISBN 84 239 2087-9 ▯▯▯▯

ANTONIO BUERO-VALLEJO
88. JUECES EN LA NOCHE. HOY ES FIESTA
Prólogo de Luis Iglesias Feijoo
276 págs. ISBN 84 239 2088-7 ▯▯▯

ENRIQUE ROMÉU PALAZUELOS.
LEOPOLDO DE LA ROSA OLIVERA.
ANTONIO MIGUEL BERNAL RODRÍGUEZ
89. LAS ISLAS CANARIAS
289 págs. ISBN 84 239 2089-5 ▯▯▯▯

PABLO NERUDA
90. ANTOLOGÍA POÉTICA
Prólogo de Rafael Alberti
509 págs. ISBN 84 239 2090-9 ▯▯▯▯▯▯

FRANCISCO AYALA
91. MUERTES DE PERRO. EL FONDO DEL VASO
Prólogo de Mariano Baquero Goyanes
329 págs. ISBN 84 239 2091-7 ▯▯▯▯

GUSTAVO FLAUBERT
92. MADAME BOVARY
Prólogo de Enrique Tierno Galván
311 págs. ISBN 84 239 2092-5 ▯▯▯

HÉCTOR ROJAS HERAZO
93. EN NOVIEMBRE LLEGA EL ARZOBISPO
Prólogo de Luis Rosales
340 págs. ISBN 84 239 2093-3 ▯▯▯▯▯

RAFAEL MORALES
94. OBRA POÉTICA
Prólogo de Claudio Rodríguez
240 págs. ISBN 84 239 2094-1 ▯▯▯

RAMÓN GÓMEZ DE LA SERNA
95. LA QUINTA DE PALMYRA
Edición y estudio crítico por Carolyn Richmond
314 págs. ISBN 84 239 2095-X ▯▯▯

FERNANDO PESSOA
96. EL POETA ES UN FINGIDOR (Antología poética)
Traducción, selección, introducción y notas por Ángel Crespo
338 págs. ISBN 84 239 2096-8 ▯▯▯▯

JOSÉ MARÍA MOREIRO
97. GUIOMAR, UN AMOR IMPOSIBLE DE MACHADO
Prólogo de Rafael Lapesa
278 págs. ISBN 84 239 2097-6 ▯▯▯

98. FLORILEGIUM. (POESÍA ÚLTIMA ESPAÑOLA)
Selección y estudio por Elena de Jongh Rossel
326 págs. ISBN 84 239 2098-4 ▯▯▯▯

JUAN RAMÓN JIMÉNEZ
99. POESÍAS ÚLTIMAS ESCOJIDAS (1918-1958)
Edición, prólogo y notas de Antonio Sánchez Romeralo
399 págs. ISBN 84 239 2099-2 ▯▯▯▯▯▯

GABRIEL GARCÍA MÁRQUEZ
100. CIEN AÑOS DE SOLEDAD
Estudio introductorio por Joaquín Marco
448 págs. ISBN 84 239 2100-X ▯▯▯▯▯▯

RAMÓN MENÉNDEZ PIDAL
101. LOS ESPAÑOLES EN LA HISTORIA
Ensayo introductorio por Diego Catalán
241 págs. ISBN 84 239 2101-8 ▯▯▯

JORGE LUIS BORGES
102. NUEVE ENSAYOS DANTESCOS
Introducción de Marcos Ricardo Barnatán
162 págs. ISBN 84 239 2102-6

103. ANTOLOGÍA DE LOS POETAS DEL 27
Selección e introducción de José Luis Cano
406 págs. ISBN 84 239 2103-4

MARIANO JOSÉ DE LARRA
104. LAS PALABRAS
Artículos y ensayos
Selección e introducción de José Luis Varela
340 págs. ISBN 84 239 2104-2

TERESA DE JESÚS
105. LIBRO DE LAS FUNDACIONES
Introducción, edición y notas de Víctor García de la Concha
296 págs. ISBN 84 239 2105-0

CLAUDIO SÁNCHEZ-ALBORNOZ
106. DÍPTICOS DE HISTORIA DE ESPAÑA
Prólogo de Vicente Palacio Atard
230 págs. ISBN 84 239 2106-9

JESÚS FERNÁNDEZ SANTOS
107. LA QUE NO TIENE NOMBRE
Estudio preliminar por Jorge Rodríguez Padrón
260 págs. ISBN 84 239 2107-7

JORGE FERRER-VIDAL
108. EL HOMBRE DE LOS PÁJAROS
Introducción de José Luis Acquaroni
172 págs. ISBN 84 239 2108-5

MIGUEL FERNÁNDEZ
109. POESÍA COMPLETA (1958-1980)
Prólogo de Guillermo Díaz-Plaja
360 págs. ISBN 84 239 2109-3

VICENTE ALEIXANDRE
110. HISTORIA DEL CORAZÓN
Prólogo de José Luis Cano
144 págs. ISBN 84 239 2110-7

ANDRÉS AMORÓS
111. DIARIO CULTURAL
286 págs. ISBN 84 239 2111-5

ANTONIO GALA
112. EN PROPIA MANO
Prólogo de Juan Cueto
433 págs. ISBN 84 239 2112-3

CARLOS SECO SERRANO
113. VIÑETAS HISTÓRICAS
Introducción por Javier Tusell
431 págs. ISBN 84 239 2113-1

LEOPOLDO ALAS «CLARÍN»
114. TREINTA RELATOS
Selección, edición, estudio y notas de Carolyn Richmond
445 págs. ISBN 84 239 2114-X

115. POESÍA CATALANA CONTEMPORÁNEA (Edición bilingüe)
Edición, versión y prólogo de José Corredor-Matheos
411 págs. ISBN 84 239 2115-8

LUIS ARAQUISTAIN
116. SOBRE LA GUERRA CIVIL Y EN LA EMIGRACIÓN
Edición y estudio preliminar de Javier Tusell
356 págs. ISBN 84 239 2116-6

F. BLEU
117. ANTES Y DESPUÉS DEL GUERRA (Medio siglo de toreo)
Prólogo de Ignacio Aguirre Borrell
372 págs. ISBN 84 239 2117-4

CRISTINA DE AREILZA

118. DIARIO DE UNA REBELDÍA
Prólogo de Pedro Laín Entralgo
137 págs. ISBN 84 239 2118-2

LEOPOLDO ALAS «CLARÍN»

119. LA REGENTA
Prólogo de Mariano Baquero Goyanes
743 págs. ISBN 84 239 2119-0

120. APROXIMACIÓN A IGNACIO ALDECOA
(Estudios críticos)
Compilación e introducción por Drosoula Lytra
233 págs. ISBN 84 239 2120-4

ANTONIO GALA

121. TRILOGÍA DE LA LIBERTAD
(Petra Regalada. La vieja señorita del Paraíso. El cementerio de los pájaros)
Estudio preliminar de Carmen Díaz Castañón
310 págs. ISBN 84 239 2121-2

ALFONSO GROSSO

122. EL CAPIROTE, GUARNICIÓN DE SILLA
Prólogo de José Manuel Caballero Bonald
314 págs. ISBN 84 239 2122-0

JOSÉ GARCÍA NIETO

123. NUEVO ELOGIO DE LA LENGUA ESPAÑOLA
PIEDRA Y CIELO DE ROMA
Introducción por Camilo José Cela
147 págs. ISBN 84 239 2123-9

FERNANDO FERNÁN-GÓMEZ

124. LAS BICICLETAS SON PARA EL VERANO
Introducción de Eduardo Haro Tecglen
208 págs. ISBN 84 239 2124-7

CLAUDIO SÁNCHEZ-ALBORNOZ

125. AÚN (Del pasado y del presente)
Prólogo de Hilda Grassotti
189 págs. ISBN 84 239 2125-5

LUIS MARAÑÓN

126. CULTURA ESPAÑOLA Y AMÉRICA HISPANA
Prólogo de Amaro González de Mesa
214 págs. ISBN 84 239 2126-3

JUAN ANTONIO DE ZUNZUNEGUI

127. DE LA VIDA Y DE LA MUERTE
Prólogo de María Pilar García Madrazo
472 págs. ISBN 84 239 2127-1

WILLIAM B. YEATS

128. ANTOLOGÍA POÉTICA
Introducción, selección y traducción de E. Caracciolo Trejo
232 págs. ISBN 84-239-2128-X

FÉLIX GRANDE

129. ELOGIO DE LA LIBERTAD
Prólogo de Hugo Gutiérrez Vega
387 págs. ISBN 84-239-2129-8

GUILLERMO DÍAZ-PLAJA

130. ENSAYOS SOBRE COMUNICACIÓN CULTURAL
Introducción de André Labertit
352 págs. ISBN 84-239-2130-1

JULIA ESCOBAR, GONZALO FERNÁNDEZ DE LA MORA, JUAN IGNACIO FERRERAS, JUAN PABLO FUSI, RAMÓN GARCÍA COTARELO, CARLOS GARCÍA GUAL, ANTONIO LÓPEZ CAMPILLO, MARÍA LOZANO, ANA LUCAS, PELAI PAGÉS, FERNANDO QUESADA, JAVIER SÁDABA, EDUARDO SUBIRATS

131. ORWELL: 1984 (Reflexiones desde 1984)
Prólogo de Carlos García Gual
318 págs. ISBN 84-239-2131-X

132. ANTOLOGÍA DE POESÍA HISPANOAMERICANA (1915-1980)
Selección y estudio preliminar de Jorge Rodríguez Padrón
445 págs. ISBN 84-239-2132-8

JUSTO JORGE PADRÓN
133. LA VISITA DEL MAR (1980-1984). LOS DONES DE LA TIERRA (1982-1983)
Estudio preliminar de Leopoldo de Luis
223 págs. ISBN 84-239-2133-6

LEOPOLDO ALAS, «CLARÍN»
134. JUAN RUIZ (Periódico humorístico)
Transcripción, introducción y notas de Sofía Martín-Gamero
484 págs. ISBN 84-239-2134-4

JESÚS GARCÍA FERNÁNDEZ
135. CASTILLA (Entre la percepción del espacio y la tradición erudita)
Prólogo de Felipe Ruiz Martín
312 págs. ISBN 84-239-2135-2

GOTTHOLD EPHRAIM LESSING
136. NATÁN EL SABIO
Traducción e introducción de Agustín Andreu
278 págs. ISBN 84-239-2136-0

ANTONIO GALA
137. PAISAJE CON FIGURAS
Volumen I
Prólogo de Pedro Laín Entralgo
355 págs. ISBN 84-239-2137-9

ANTONIO GALA
138. PAISAJE CON FIGURAS
Volumen II
359 págs. ISBN 84-239-2138-7
Obra completa: ISBN 84-239-1998-6

ALONSO ZAMORA VICENTE
139. PRIMERAS HOJAS
Prólogo de José Manuel Caballero Bonald
Ilustraciones de Julián Grau Santos
191 págs. ISBN 84-239-2139-5

FERNANDO FERNÁN-GÓMEZ
140. LA COARTADA. LOS DOMINGOS, BACANAL
Introducción de Eduardo Haro Tecglen
212 págs. ISBN 84-239-2140-9

VICENTE ALEIXANDRE
141. LOS ENCUENTROS
Prólogo de José Luis Cano
Ilustraciones de Ricardo Zamorano
289 págs. ISBN 84-239-2141-7

ANA DIOSDADO
142. ANILLOS DE ORO
Volumen I
Prólogo de José Luis Garci
306 págs. ISBN 84-239-2142-5

ANA DIOSDADO
143. ANILLOS DE ORO
Volumen II
349 págs. ISBN 84-239-2143-3
Obra completa: ISBN 84-239-1997-8